VIVIANE CHOCAS

Bazar magyar

ROMAN

ÉDITIONS HÉLOÏSE D'ORMESSON

Ouvrage publié
avec le concours de Nicole Czechowski

ISBN : 978-2-253-12209-8 – 1re publication LGF

À mes parents.

Pour Emma et Mattéo.

L'épicerie

Fuszerüzlet

À proximité de la place de la Bastille, sur le flanc gauche de la rue de Sévigné à Paris, se trouvait dans les années 1970 une petite boutique à la vitrine sombre, à l'enseigne plate, dépourvue de tout signe de richesse. De la rue, on ne percevait ni odeur ni couleur, juste une neutralité de surface propre et polie, qui tenait ses marques sur le trottoir étroit. Poussant la porte du bazar, faite de verre et de bois vermoulu, j'entrais avec confiance, parce que j'y avais été initiée. Conduite par une main paternelle, mais sans explication, comme on se rend chez une vieille tante, qui fait partie de la famille depuis toujours, même si on n'a jamais su au nom de quelle alliance. La porte râpait la clochette de circonstance, et le visage de Mme Suba apparaissait derrière les saucissons en suspension. Une boule de Noël, accrochée en plein cœur des guirlandes de cochon.

Serviable et vive, le front ceint de petites bouclettes finement roulées au peigne, Mme Suba me saluait de ses yeux noirs fendus à la verticale, maintenus dans cette curieuse position d'alerte par le rebondi des joues. La poitrine généreuse, au-delà du décolleté dentelé, elle balançait délicatement de ses blanches mains les boyaux remplis de sang et de lard fumé qui pendaient de façon très décorative depuis le plafond, les tâtant avec un sourire entendu. Quand le samedi après-midi en hiver, par bonheur il neigeait une poudre fine et fraîche, avec la chaleur de la boutique la salive me montait de plus belle en bouche.

« *Kezét csókolom, asszonyom !* » Péter avait déjà déposé un baiser sur la main potelée de la dame, accompagnant son geste de cette phrase incompréhensible et musicale, roulant comme une pomme de terre chaude sous le palais. À cette époque gourmande où le quartier du Marais se concentrait pour moi dans ce rougeoyant décor de charcutailles, j'avais entre huit et douze ans. Flanquée de mon père, j'entrais dans l'antre de *Suba úr*. Prononcez Chouba our. Traduisez M. Suba.

La conversation s'engageait, et je n'y comprenais rien. « *Gyo ! Csak ! Szem ! Tök !* » Entre les lèvres de la patronne se précipitaient des voyelles lourdes, corsetées d'associations imprononçables, et jetées d'une bouche gonflée comme le pavillon d'un cor de chasse. Aââ, ooo, ouuu, des basses m'attaquaient au ventre, bousculées par des déversements de rrr enrobant la parole, la bardant de ses rubans pourpres et gras. Tout en vociférant de la sorte, Mme Suba choisissait une saucisse fine pour trancher sur une plaque de bois des rondelles impeccables qu'elle nous proposait tandis que sa voix enflait, festive, s'emballait, se retournait avec le léger crépitement d'une comptine. « *Tessék, tessék* », me répétait-elle jusqu'à ce que la rondelle fonde enfin sur ma langue. Les syllabes dévalaient sur son comptoir de cuisine, sans épargne, graves et aiguës cohabitant dans la hâte, sucrées-salées dans la même pâte, et encore une rasade de jus de voyelles brûlantes alors qu'un peu de mousse blanche apparaissait au pli de jonction de ses lèvres. Quand enfin je la pensais à bout de souffle, un motif nouveau et entêtant – « *dekérrrrlekszépen* » – redonnait l'assaut, et sa phrase repartait avec l'insistance d'une diseuse de bonne aventure. De mon corps alors, je ne maîtrisais plus grand-chose. La voix me rendait saoule, éponge absorbante, jusqu'à ce que surgisse une variation stridente, un kikiki crissant comme un coup de frein sur une route humide, vite ponctué d'un Iésouche Marrria au terme duquel Mme Suba basculait ses yeux au ciel, et lâchait un soupir qui brutalement asséchait tout, faisait place nette.

La charcutière resserrait alors simplement les mâchoires. Elle plissait ses paupières, dodelinant du menton dans une infinie douceur. Mon père acquiesçait. Ou plus exactement je le voyais hausser les sourcils dans une inspiration compassionnelle, la ligne de flottaison de ses lèvres demeurant imperturbable. Comme si la condensation des sons et des rythmes projetés pénétrait les rives de son visage, le dilatait légèrement, voilait ses yeux d'une buée bleutée et se glissait dans la droite muette de son sourire. C'est généralement à ce point de retrait que le père Suba glissait un court instant sa tête de bonhomme échevelé à travers un large passe-plat pour nous saluer gentiment, tout occupé à faire bouillir et sauter le goulasch en arrière-boutique. Nous étions entre gens de bonne, de délicieuse compagnie.

La suite, je la connaissais parfaitement : mon père allait pointer les boîtes de choux et de poivrons farcis accumulées sur le mur de gauche, dégager le bocal de gros cornichons au vinaigre sucré, faire emballer le fin strudel au fromage blanc et raisins secs, avant que la charcutière ne décroche la saucisse prune et le lard à la croûte ourlée de granules rouges.

Dans cette épicerie modeste et sans minauderie folklorique, j'ai constitué mes premières réserves. Née en France de parents nés au-delà, c'est par les mets sur la table, et le croquant sous la dent, le piquant de la salive, la résonance du tube digestif que j'ai abordé ce continent interdit d'où venaient ces deux-là qui m'avaient conçue. Tousser dans la poudre du pavot, mouiller les lèvres le long de la liqueur âpre de la poire, casser l'os de cuisse du poulet pané m'était autorisé parce que les plats revêtaient une croûte placide, pourtant j'y ai vite découvert un cœur férocement dense, quelque chose de régénérant, qui pouvait m'être communiqué depuis le ventre des origines. Leur sécurité confondante était probablement la plus solide des armures : on n'a jamais vu un régime politique renverser une cuisine nationale. À la maison, mes parents ne prononçaient pas un mot semé, germé et mûri sur le territoire noir de leur enfance, de leur adolescence. C'eût été comme une inconvenance, une terrible impolitesse, un manque total de savoir-vivre. Mais les saveurs du goulasch, oui, presque par inadvertance, elles se sont glissées sur la table. Et je croquais gamine avec ardeur dans le poivron jaune, attentive à me remplir la bouche de cette pâte spongieuse et tendre à mastiquer. Je mangeais avec application, exactement comme on arpente les premiers mots d'une dictée. Les mets composaient la seule mémoire vive cédée, concédée, transmise, voyelle paprika, consonne *galuska*, accent grave dans la chair de la noix, aigu dans l'amertume du concombre. Ils ont creusé mon premier attachement à la langue de là-bas, un déchiffrage à jamais collé aux sens, qui me hante et m'accompagne de son pouvoir d'éveil. Grâce aux plats et aux odeurs, à ces saveurs déglutiees et remâchées jusque dans mes rêves les plus sourds, au fil des années, j'ai pu envisager les lettres, les groupes de lettres, les mots hongrois, l'étoffe de la langue puis les visages, les corps et le choc des ressemblances, la rencontre d'une famille, d'une certaine géographie de l'Europe centrale, enfin.

Je veux vous entraîner à la découverte de l'épicerie hongroise, de ce bazar magyar où rien ne s'articule, ne s'ordonne, ne se soulève, ne geint et ne pleure comme ailleurs. En tranchant la chair onctueuse du porc, en dévissant les couvercles de leurs bocaux, en saupoudrant de sucre glace leurs biscuits feuilletés aux cerises, M. et Mme Suba faisaient sauter les verrous, tomber les murs, ouvrir les frontières et jaillir la vie éperdue. Parfois il suffit de manger, pour que tout, ou presque, puisse être dit.

Les beignets d'abricot

Farsangi fánk

Gorgés de sucre et de rhum, d'une confiture fumante, légèrement âcre, ils paradaient. Des beignets modelés comme des petits paniers, fourrés aux abricots en leur centre, spongieux et soyeux à la fois. Ces sucreries qui se pavanaient dans des compotiers, un homme volumineux, le pantalon rattrapé par des bretelles, les joues rouges et les sourcils tombants, les saisissait fiévreusement pour les déguster en me faisant des clins d'œil. Sa langue était miel, et cette espèce d'ogre me souhaitait la bienvenue à sa manière. Il disait bien quelque chose, mais les mots se perdaient dans une glissade de confiture orange à travers ses lèvres épaisses. La langue hongroise avait du corps, et je saisis à mon tour un beignet d'or, avec gourmandise, et joie.

J'avais onze ans, c'était mon premier enterrement.

Les choses se présentèrent ainsi : après son arrivée en France, à Paris, mon père vécut seize années sans revoir sa mère. Sans lui écrire. Elle n'a jamais eu le téléphone. En 1956, elle ne voulait pas que son fils quitte la Hongrie. Ce 21 novembre, dans l'air glacial du petit matin, j'imagine qu'elle tint les lèvres serrées quand Péter, alors âgé de vingt-deux ans, traverse à pas vifs le petit jardin de leur maison, grimpe dans le camion qui doit l'emmener vers la capitale, la gare de Budapest, un train hypothétique, et la frontière autrichienne. Le décès de mon grand-père paternel attisa la rancœur. « Ton départ l'a tué ! » écrivit la grand-mère, sans autre commentaire. Alors mon père choisit de se conduire comme un orphelin : plus de maison parentale, plus de comptes à rendre là-bas, jamais, et à personne. Ma mère Zsuzsa (cette singulière orthographe se prononce Jouja), qui avait rejoint Péter à la gare au matin du 21 novembre 1956, et décidé elle aussi de s'exiler vers Paris, envoyait de temps à autre une de mes photographies à sa lointaine belle-mère.

Sans que la tentative de réconciliation soit jugée digne d'explication, quand j'eus onze ans Péter m'annonça que nous irions tous les deux passer les vacances de Pâques en Hongrie. À Lovasberény, son village natal, je l'apprenais. Que nous allions rendre visite à sa mère Márta, une revenante, que j'avais prudemment oublié de mentionner devant lui depuis toujours.

On acheta les œufs de Pâques, quelques eaux de Cologne, et de jolis tissus pour confectionner des robes.

Je partais découvrir une des grandes dames de mon livre familial, un vestige, un trésor de mémoire. Mais qui décide de la transmission d'une histoire ? La gardienne du berceau paternel n'avait pas l'intention de servir de guide. Plutôt crever.

Trois jours avant notre départ, Márta eut une attaque. Foudroyante. On mit les œufs au panier, on remplaça les tissus colorés par des vêtements sombres. Il fut alors décidé que Péter, Zsuzsa et moi irions ensemble à l'enterrement.

En cette journée d'avril 1973, il m'appartenait de conquérir l'avion, la Hongrie et sa terre véritable, et une étrange tribu. Personne ne m'avait mis en tête que cette mort était triste. Pour l'occasion, mes parents, séparés depuis mon troisième anniversaire, formaient ma garde rapprochée. J'avais tout à y gagner.

L'avion a commencé sa descente sur Budapest... Le hangar de l'aéroport grossissait à travers le hublot, sa masse sombre, désordonnée comme un chantier dont on aurait renoncé à achever la construction m'hypnotisait. Deux heures s'étaient écoulées, j'avais abusé de salami à la chair tachetée et piquante, écouté l'hôtesse débiter ses syllabes roucoulantes, et cherché en vain une traduction auprès de mon père et de ma mère, qui avaient fermé les yeux durant tout le vol. Nous allions toucher terre, déjà le sol se rapprochait. Hongrie, nous voici ! Réjouis-toi, ce sont eux, moi !

Une douleur glacée, pointant à la verticale aussi précise qu'un fil à plomb me fendit la poitrine. Maman, c'est ça qu'on appelle une piquée au cœur ? Je suis restée muette, gelée, effrayée de la sueur sur mon front, des spasmes dans mon estomac. Dans un instant, nous allions quitter l'appareil, il faudrait passer la frontière. Franchir le rideau de fer.

Enfant, l'expression me fascinait. Je l'envisageai quand j'eus six, huit ans peut-être. Une plaque de métal, comme jamais on n'en tendit à échelle humaine. Schlank ! Selon un mécanisme infaillible, et dans un bruit d'acier assourdissant, un gigantesque rideau de tôle ondulée s'abattait sur ma géographie de l'Europe centrale. Tranchant, toujours aiguisé, le rideau de fer fendait les montagnes, les forêts, les ponts, les mairies, les églises, les maisons, il sectionnait les champs, les arbres, les troncs, les feuilles en deux entités bien séparées. Il coupait les familles, séparait les frères, les couples, un même homme en deux moitiés s'il le fallait. À l'heure dite, il ne pouvait pas attendre, pas mollir, jamais compatir. Le rideau de fer suivait une ligne, impeccablement tracée le long des miradors, il ne prenait pas de détours, il tombait brutalement et les uns restaient visibles, les autres s'évanouissaient.

« Par-delà le rideau de fer. »

Les rares qui chez nous tentaient une percée ne s'en relevaient d'ailleurs pas. Dans l'appartement parisien, ma mère saisissait parfois le combiné du téléphone, prenant tout juste le temps d'ouvrir les lèvres sur ces syllabes qui semblaient abîmer son teint, avant de raccrocher précipitamment. D'autres jours, une lettre nous parvenait, avec un timbre étrange que je réclamais pour ma collection.

Je sentais bien que j'approchais le métal et sa menace, et j'interrogeais :

– Qui ? Quoi ? D'où, exactement ?

Et ma mère, les yeux froissés :

– Klara, c'est du passé. Ça vient de derrière le rideau de fer.

Dieu qu'elle est violente, cette réponse toujours identique. Un jour de novembre 1956, mes parents y avaient échappé, à ce rideau. Leurs corps et leur couple cependant étaient restés entiers. La question pour moi demeurait : à quel prix ? J'ai compris très tôt que pour survivre, mes parents avaient tué leur langue. Mais je n'ai jamais accepté l'idée qu'ils en fussent les véritables assassins.

Entrer dans cet invisible dont ils m'avaient toujours caché la lumière, la matière. Partager l'impartageable. J'y vois flou. Je ne me sens pas bien.

L'air froid me saisit, j'ai onze ans et je plisse les yeux sous un grand soleil. Je repère des uniformes beiges, des hommes portant casquette sur le crâne et revolver au ceinturon. Dans l'aéroport tonne un brouhaha indéfinissable, indéchiffrable, je m'en fais l'aveu détestable.

Maman, Papa ! Qu'est-ce qu'ils disent ? Ce panneau, là, ça signifie quoi ?

Zsuzsa et Péter disparaissent derrière un tissu sombre. C'est mon tour. La frontière se matérialise par une cabine de fouille poussiéreuse et bancale. Une femme en uniforme tire une maigre tenture grise d'un coup sec, palpe mes seins naissants, mon ventre, mon entrejambe, mes cuisses et mes mollets. Elle transpire, sous ses aisselles deux taches marquent sa veste pâle. J'ai le temps de voir qu'elle a le long des jambes d'épais poils bruns courant jusque sous ses sandales. Clic, clac, elle ouvre mon sac et calibre mes ustensiles de voyage – une pochette de petits bijoux, un parfum indien, un journal intime cadenassé – ; elle les tapote comme des prototypes industriels, leur assène un coup sec sur une planchette. Envers, endroit, la voilà qui range tout dans le sac. Fermeture éclair bouclée. Dehors.

La tenture valse, je sors de la cabine étourdie, et j'aperçois Péter et Zsuzsa, tenant distraitement leurs passeports ouverts à la page des visas d'entrée, indifférents face à deux fonctionnaires taciturnes et affairés. « Regardez bien, constatez vous-même, nous sommes tous les trois de nationalité française ! » tambourinent mes poumons, mon cœur, mon foie, ma rate, « voyez, cette vérité est dûment imprimée sur nos papiers officiels ». Tandis que mon corps tremble, je comprends que mes parents devant des douaniers marocains ou danois n'auraient pas manifesté plus d'impassibilité. Peut-être ai-je pris alors pour de la décontraction presque provocante un phénomène plus complexe de pétrification intérieure. Mais je sus ce jour-là que Péter et Zsuzsa ne montreraient leurs émotions à personne, et sûrement pas à ces douaniers ignares qui faisaient forcément de la contrebande. Mon père me répétait souvent : « Les Hongrois font semblant de travailler, et l'État fait semblant de les payer. Passé quinze heures, chacun retourne à son petit travail au noir. »

Toujours pas de valises sur le tapis roulant, qui en est pourtant à son sixième tour de piste. La peur reprend son travail de sape. Et si on avait des reproches à leur faire ? Et si on grattait les archives pour retrouver leur nom original ? Et si on les jetait en prison sur ce fichu sol natal ? Que ferait-on de moi, la petite fille née à Paris XIVe ? *Allez, ouste ! Sors de là ! Larguez la Française, on garde les insurgés !*

Mon père tire sur sa cigarette, en effectuant quelques pas lents, ma mère lisse les poils de son manteau en fourrure de lapin. Elle attrape mon regard et me sourit, mécaniquement.

Alors j'ai serré mes doigts de fillette pour retenir prisonnier l'épisode au plus loin, au plus retranché de mes paumes. J'étais à l'école primaire, en cours moyen première année, quand mes parents, à nouveau réunis pour la circonstance, m'avaient épelé la nouvelle orthographe de notre nom. Nous composions jusque-là la famille Szelényi, dénomination sur laquelle butaient toutes mes maîtresses. Exeunt désormais le *sz* et le *ny* de notre patronyme. Péter et Zsuzsa avaient enfin obtenu la naturalisation. Nous étions ce jour-là devenus Klara, Zsuzsa et Péter Séli. Mais ces douaniers pouvaient-ils maintenant nous demander des comptes ?

« Allez, bouge, Klara ! On ne va pas moisir ici ! » De l'observation du tapis mécanique enfin, Péter me tira brutalement par la main. Nous prîmes la file « *Nothing to declare* ». À onze ans, je comprenais cet anglais rudimentaire. Nous n'avions donc rien à leur dire, il suffisait d'avancer.

Nous nous engouffrâmes tous les trois dans une voiture de location, pour cahoter sur des routes nationales mal goudronnées, puis sur des chemins de campagne. Direction Székesfehérvár, au sud-ouest de Budapest. Je répétais le nom déroutant de cette petite ville où mon père avait suivi sa scolarité, élève interne auprès de pères cisterciens, ajouta-t-il. L'information me rendit plus abstraite, suspicieuse aussi la vieille femme morte à laquelle nous allions rendre hommage : elle n'avait même pas veillé à l'apprentissage des leçons.

Je m'apprêtais à pénétrer un clan. Dans la voiture, mon père se mit à égrener des prénoms. « Et celui-là est marié ? » interrogeait Zsuzsa. Je reprenais courage. J'avais une faim de loup.

Székesfehérvár. La ville de province dressait son ouvrage avec la fierté des livres en papiers découpés, dont les pages rusent pour donner du relief à chaque pli. Nous dépassions des églises jaune poussin, constellées de tourelles, des bâtisses proprettes coiffées d'immenses et chatoyants toits de tuile. Des angelots paressaient sur les balcons, des dentelles de plâtre surplombaient les fenêtres, des portes en bois sombre et verni soutenaient des porches royaux. Bienvenue dans la Hongrie de François-Joseph. Notre voiture tourna dans une petite ruelle, s'immobilisa. Je grimpai jusqu'au deuxième étage d'un escalier dessinant un volumineux carré. Avant même le coup de sonnette, une double porte s'entrebâilla : « Klara, voilà oncle Imre et tante Pipi. »

À onze ans, ça donne envie de sourire. Tante Pipi, sœur aînée de ma grand-mère, posa un regard intense sur mon père. Elle glissa sa main dans mes cheveux. Oncle Imre fit claquer dans le même souffle sa langue et ses bretelles, m'embrassa vigoureusement. Dans l'appartement, déjà des hommes et des femmes accouraient vers nous en s'exclamant.

Je vis défiler le même jour des bataillons d'oncles et de cousins à la moustache fringante, de tantes et de cousines aux seins plats et au nez long et droit, qui de leur hauteur dépassaient largement mon père, dont j'avais admiré sans faille jusque-là le mètre quatre-vingt-neuf. Le plus bruyant se prénommait Béla, et projetait dans l'appartement une cage thoracique de chanteur d'opéra – Péter me précisa qu'il était vétérinaire – tandis qu'il passait de l'un à l'autre avec la magnificence d'un cavalier tzigano-turc en campagne. Oncle Imre prenait ma main dans ses gros doigts, pinçait mes joues, et m'invitait à rire d'un roulement de pupilles.

Mon père retrouvait de vieilles bonnes, qui s'émerveillaient de sa belle allure. Je cherchais Zsuzsa quand Béla frappa des mains pour donner le départ.

Au cimetière, deux employés en sueur courbèrent le dos sous le poids du cercueil. À l'aide de cordes, ils firent glisser la longue caisse acajou dans son trou de terre. Notre petite troupe s'était tue. Je venais de découvrir que mon père avait un frère, Tibor. Comment avait-on omis de me parler de lui ? Je vis Péter serrer dans une accolade un homme brun un peu moins grand que lui, plus mince, doté d'un superbe grain de beauté au-dessus des lèvres, au regard très doux. « C'est ton oncle, le frère de ton père », me glissa Zsuzsa à l'oreille sans autre commentaire. Tibor pencha la tête sur le côté, ouvrit une bouche d'où aucun son ne sortit, et nous dévisagea, ma mère et moi, par-delà l'épaule de mon père. Une femme jeune, fluette, élégante, attrapa fermement sa main, une façon d'en finir avec les présentations. Comme les autres, je fis un signe de croix par-dessus le cercueil, je lâchai une rose. La Hongrie a beau être un tout petit pays d'à peine 94 000 kilomètres carrés, c'était aussi rare pour l'oncle Béla de venir à Székesfehérvâr depuis Budapest, que pour nous de Paris.

Pendant la messe, mes narines jouaient avec l'encens, j'écoutais distraitement le discours du prêtre comme une espèce de poème épique raconté dans une langue barbare et brûlante, dont je reconnaissais le rythme et les variations. Tibor me regardait en coin, nous en fîmes vite un jeu. Aujourd'hui encore, j'aimerais croire qu'on se plaisait. Mon père et lui se connaissaient-ils ? Sombres, dignes, beaux dans leurs costumes ajustés, ces deux frères côte à côte après dix-sept années sans se frôler pleuraient. Dans quelle langue coulait l'eau salée des yeux clairs de Péter ? Des yeux noirs de Tibor ? Deux frères saluaient la même mère, ils ne se remémoraient pas la même courbe de femme, le même âge sur son visage. Je n'étais pas triste, mais les larmes de mon père, que je voyais pour la première fois, me déchiraient la peau.

Puis tout s'est dilué dans l'odeur et le goût du paprika. De retour à l'appartement, collée au poêle qui trônait au milieu de la plus grande pièce, je comptais les plats qui s'amoncelaient sur la table : soupe aux abats de volailles, avec pattes et griffes de poulets gisantes dans le bouillon brillant, poivrons farcis, cornichons géants, strudels aux pommes et les fameuses boulettes aux abricots. Oncle Imre entama sa dégustation. On tachait nos vêtements noirs, j'apprenais avec quels mots trinquer en langue hongroise, et la famille – comment la nommer autrement –, pépiait gaiement.

Enfin nous avons pris la pose, en rangs dans une agitation joyeuse, nous étions une bonne soixantaine. Chacun réclamait une photo, et si l'un disait « *Jó, megyünk !* » (bon, allons-y !), aussitôt nous nous serrions à nouveau très fort les uns contre les autres. Un instant, j'ai senti une main presser mon épaule droite. Je me retournai et vis Tibor, m'offrant le cadeau d'un sourire généreux. Je souris à mon tour, largement. Il recula un tout petit peu, bouscula deux personnes puis s'effaça, en s'excusant. « *Bocsánat.* » Je connaissais ce mot, il signifiait pardon.

J'avais d'abord appris à la renifler comme une nourriture. Quand donc la langue est-elle devenue pour moi celle d'un pays en vie ? D'un pays toujours au monde, étalant ses frontières sur la croûte terrestre, et non plus sur le comptoir bruni d'une petite boutique du Marais ?

J'étais seule avec mon père, le matin suivant l'enterrement. Nous avions traversé la puszta sous la neige, magnifique plaine flanquée de sa couette blanche, percée de quelques arbres perdus à la silhouette torturée. Nous avions abandonné la voiture et arpenté la rue principale de son petit village natal, à quelques kilomètres de Székesfehérvár. J'avais patienté des heures, dans des cuisines auprès de vieilles dames en tabliers ou en blouses élimées, dont je retenais surtout les soupirs de plainte ou d'admiration ponctuant le récit de Péter qui me restait impénétrable. Je bus plusieurs gobelets d'eau-de-vie de poire ou d'abricot, sous l'œil encourageant de mon père. « Mais oui ma belle, vas-y ! » Il faisait un froid de canard, et j'étais d'humeur exquise.

Péter m'entraîna à pied jusqu'au bout du village, vers un petit château délabré. Derrière l'édifice s'étendait un terrain de football. « Ma chérie, tu vois, c'est là que je jouais quand j'étais un petit garçon, c'est là qu'on jouait tous, les copains du village, le dimanche. Qu'est-ce qu'on était heureux ! »

La terre fit silence. D'où surgissaient ce petit Péter et ses copains de classe ?

Il y avait donc eu une vie, avant l'exil. Une enfance pour lui, et du bonheur en plus ? Je frottais mes mains dans la neige sale, je m'en lavais la face pour ne pas montrer mes larmes à mon père. On remonta dans la voiture. Des gamins dévalaient la côte, leurs bonnets tirés sur les oreilles. Des volutes de fumée s'élevaient de leurs bouches bruyantes. Ils nous saluèrent frénétiquement de la main. Péter pianota sur le klaxon. À Lovasberény, le temps respirait.

Le soir-même, nous prîmes l'avion qui nous rapatria vers Paris. Mes parents durant le vol lurent avidement les pages du quotidien *Le Monde* dans leur intégralité, et je pressentis que la Hongrie ne deviendrait pas un nouveau sujet de conversation entre nous.

Mais je connaissais le chemin, désormais. Et des vols Paris-Budapest, il y en avait certainement plusieurs par semaine.

Les années passèrent. Quand nous approchions du Nouvel An, Péter me proposait de signer quelques cartes de vœux qu'il adressait à Tibor, à oncle Imre et tante Pipi. Depuis notre court séjour en Hongrie, ma mère cuisinait un peu plus souvent que par le passé un plat campagnard dont le nom à lui seul me ravissait : *Rakott krumpli*. Dans un moule profond, elle superposait des couches de saucisses fumées découpées en rondelles, puis d'œufs durs, de pommes de terre roses et moelleuses, de crème fraîche épaisse enfin, et nous présentait le plat alors qu'il croustillait encore d'une fine garniture chaude de chapelure et de paprika mêlés. Nous étions trois, elle cuisinait pour huit, et Péter, qui apportait les précieuses saucisses emballées par Mme Suba pour ce déjeuner dominical, se chargeait de ne pas en laisser une miette.

Avant même ma naissance, et peut-être pour me permettre d'entrer dans un monde à leur sens lavé de tous soupçons, la langue hongroise avait été violemment rejetée de leur intimité, eux qui adolescents avaient pourtant appris à s'aimer en magyar. Mais il me semble aujourd'hui que Zsuzsa retenait encore une part infime de l'amour de Péter dans chacune de ses bouchées avalées. Je savais à cette époque combien dans notre quotidien parisien, s'élevaient là les seuls effluves fragiles des origines que les parents pouvaient supporter.

Le biscuit roulé

Beigli

Juin 1979. Je plonge dans mon printemps du baccalauréat. Et je me suis inscrite à l'épreuve de langue hongroise. Fanfaronne !

Le petit groupe de lycéens qui s'alanguit dans un couloir sonore et moite de la Maison des examens à Arcueil, au sud de Paris, me pétrifie. Ils sont là, dix ou douze, à attendre avec indolence qu'un professeur les appelle. Tous ces jeunes gens dont apparemment rien ne me distingue sont fils et filles d'immigrés magyars. Ils ont dans les mains les livres des plus illustres poètes hongrois, les Baudelaire, les Rimbaud, les Verlaine du pays de leurs origines. Ady Endre, Petöfi Sándor, Attila József... De beaux, de grands textes sombres et exaltés, je le sais pour en avoir lu suffisamment de traductions françaises. Ces lycéens maîtrisent parfaitement la langue et envisagent un dix-huit, un vingt, une note facilement obtenue qui leur procurera quelques points supplémentaires pour empocher le bac.

Je suis la neuvième candidate. J'affronte la figure incrédule de mon examinateur. Ses traits figés, sa bouche ouverte, depuis que sur la table, j'ai déposé mon livre : *Tanuljunk magyarul ! Hogy mondjuk helyesen ?* (Apprenons le hongrois ! Comment parler sans faute ?).

Ou l'équivalent du *I speak English* qu'on délivrait au collège, à l'entrée en classe de sixième.

– Vous n'avez pas d'autre ouvrage ?

– Non.

– Bien. Alors choisissez un texte.

L'examinateur renverse son buste en arrière, ses mains tapotent le skaï du fauteuil, ses paupières se ferment, je pressens qu'il s'éloigne pour une sieste.

Je lis un court texte, une douzaine de lignes peut-être. Le remarquable dévouement d'une mère de famille qui prépare pour la soirée de Noël le traditionnel *beigli*, ou gâteau long roulé et fourré aux noix, et lisse le jaune d'œuf sur la croûte supérieure, tout en s'inquiétant : ne sera-t-il pas trop sec ? Ne s'émiettera-t-il pas à la coupe ? Y a-t-il assez de garniture pour suffisamment de pâte ? J'égrène la liste des proportions, pour six personnes : 120 ml de lait, une cuillerée à café de sucre, 500 grammes de farine, deux œufs, 100 grammes de saindoux, une pincée de sel…

C'est suffisant sans doute, je m'arrête là. L'examinateur se redresse, je perçois son sourire.

– Mais qu'est-ce que vous fichez *là* ?

L'homme n'est pas agressif, simplement il ne saisit pas. En classe de terminale, mon livre d'apprentissage est ostensiblement… hors programme. J'ai pour ma défense que pas un professeur de lycée ne suit la préparation de ces épreuves facultatives, l'élève s'y présente en toute liberté. Je tente une réponse :

– J'apprends le hongrois à la Maison hongroise de la rue de Vaugirard. Depuis huit mois. Je me suis inscrite aux cours du soir. Je suis la seule lycéenne. Les élèves sont adultes, français, des hommes et des femmes venus par amour, pour l'amour de celui ou de celle qui dort auprès d'eux, mais la nuit murmure une langue qu'ils ne comprennent pas. Mes parents sont nés en Hongrie, ils l'ont quittée en 1956. Ils ne m'ont jamais parlé hongrois. Alors je suis allée à l'école. Un peu tard, peut-être. Enfin, j'apprends la langue.

– Et ?

– Et je bafouille, monsieur l'examinateur, je bafouille, et j'ai un niveau de sixième. Mais cette langue me touche. Physiquement. J'aimerais qu'elle surgisse dans mes rêves, presque malgré moi, je n'y arrive pas. Alors j'apprends, comme un tâcheron. Et je ne sais pas à qui le dire. À mes parents, sûrement pas ! D'ailleurs, je suis totalement incapable de prononcer une phrase de hongrois devant eux, j'en deviendrais rouge de gêne, de honte. Alors je le dis ici, à vous. Ça me brûlait de faire valider mon niveau. J'avais envie qu'il soit noté sur un papier officiel, bien tamponné, que je fais des efforts pour apprendre la langue hongroise.

Plus rien ne sort de ma gorge, j'aurais besoin d'un verre d'eau. Il me tend le sien.

– Vous lisez juste, votre accent est bon. Merci.

Et dans la seconde qui suit :

– À propos, avez-vous déjà goûté au *beigli* ?

– Chaque Noël, mon père achète quelques rouleaux, aux noix et au pavot, dans une petite épicerie de la rue de Sévigné, à Paris, pas loin de…

– Suba úr ?

– Suba úr.

(Pour mémoire, entendez Chouba our.)

En juillet, je découvre qu'il m'a délivré la note de seize. Jubilatoire ! S'est-il rendu compte, ce brave professeur, que grâce à notre petite escroquerie, la langue de Suba devenait enfin mienne ? Péter et Zsuzsa n'en surent rien. Pourtant, l'épreuve de hongrois au baccalauréat fut ma première audace d'enfant d'immigrés à visage découvert.

Le chou farci

Töltött káposzta

À partir de là, il m'en fallut davantage. Je réclamais des liens, des attaches, des réseaux. Je voulais des complices que j'aborde seule, des amitiés, des correspondances tissées sans référence au fragile couple parental. Sur leur terrain à eux, je réclamais une intimité à moi, déployée par la seule force de ma nouvelle langue, pauvre langue magyare si fièrement et secrètement portée en bandoulière. Je courais à des lectures de poésie pour initiés, auxquelles je ne comprenais rien, je guettais les concerts de petites troupes tziganes en tournée européenne, écoutant les chants dans une extase quasi religieuse, je visionnais, perdue dès que se dérobaient les sous-titres, des films projetés dans d'obscures caves pour immigrés retranchés, ou cinéphiles très, très avertis ; toujours seule, habitée de la féroce ambition de m'insérer parmi de vieux et amers groupuscules hongrois qui ne saisissaient pas pourquoi je m'obstinais à m'adresser à eux dans un magyar hésitant et sec, quand ils pouvaient se régaler de mon précieux français. Jusqu'à l'été de mes vingt-quatre ans, où mon appétit prit une autre tournure.

Dans une Budapest suintante et suffocante au mois d'août, j'étais hébergée certes pour quatre semaines par des amis d'enfance de Zsuzsa, mais je déambulais seule, livrée à moi-même, et bien décidée à avaler la ville tout entière. Au réveil, il m'arrivait de sentir un goût mauvais, avide, fiévreux au fond de la gorge. L'envie de mordre, d'attaquer la langue par sa chair, d'en identifier l'haleine, d'en ôter la peau, par couches, comme on déshabille un fruit trop mûr. Je marchais alors, marchais encore, sans répit. Accrochée à la rambarde du tramway jaune, avec ma chemise anglaise à rayures, mon short et mes baskets Nike, j'étais trop obsédée par ma quête pour saisir à quel point je conservais la mise d'une parfaite étrangère. Lui devina immédiatement.

– *Külföldi vagy ?*

– *Igen. Francia vagyok.*

Je suis étrangère, oui, française, pas trop tout de même, répliqué-je aussitôt :

– *De a szüleim magyarok. Egy kicsit magyarul beszélek* (mais mes parents sont hongrois, et je parle un peu le hongrois).

– *Fantasztikus !*

Il a raison, fantastique ! Il est mon tout premier appât possible, et déjà je fais référence à ceux que je prétendais doubler ici. Mais le jeune homme brun qui me regarde de ses yeux noirs étincelants sous d'épais sourcils se moque éperdument de mon profil généalogique. *Fantasztikus ?* Quelque chose s'est échauffé en moi, qui n'a rien à voir avec la touffeur possédant la ville.

– *Iszol valamit ?*

Si je ne me trompe pas, ça signifie : tu bois quelque chose ?

– OK.

Sous ma joue gauche, j'attrape ma gencive, je la mords jusqu'au sang : « OK », comme réponse maîtrisée de la langue hongroise, c'est un peu maigre. La décontraction du garçon devrait à nouveau me rassurer : l'étendue de mon vocabulaire n'est pas non plus sa priorité. D'un geste décidé, il appuie sur le bouton qui commande le prochain arrêt. Et si j'entamais vraiment la partie, à Budapest ? Je suis venue pour ça, poser des pions, les miens. Lui aussi nourrit une stratégie. Je crois que j'ai décidé d'accepter le jeu.

Nous sautons du tramway, place Clark Adám, et je respire le fleuve qui irrigue la ville tout proche, lourd, cossu, engageant. Nous voilà à hauteur du pont des Chaînes, j'ai compulsé mes guides avec application avant de rejoindre la capitale hongroise : Széchenyi hid est le plus vieux pont qui relie Buda à Pest, bâti à l'initiative d'un comte, dans ce pays qui foisonne de figures aristocratiques.

Le jeune Pál est photographe, il a vingt-deux ans, cela j'ai parfaitement compris. Visiblement, il a tout son temps, moi aussi. Alors après une eau gazeuse servie en terrasse, la fameuse *szódaviz* projetée d'un siphon, Pál m'invite à descendre au bord du Danube, et à ranger dans un sac le plan que je froisse de mes mains. « Je suis né dans cette ville, s'exclame-t-il, avec une joie d'enfant, fais-moi confiance ! »

Est-ce vraiment ce qu'il a dit ? C'est ce que j'ai choisi d'entendre. Je m'en suis remise à lui.

Nous nous laissons porter sur le quai Bem rakpart, parmi des promeneurs qui marchent à pas lents ou paressent sur des bancs, dilatés, écarlates dans leurs shorts et maillots de corps. Une somnolence vague de début d'après-midi ralentit les conversations, pèse sur les paupières et le pas des claquettes que tout le monde chausse ici, comme si on était quelque part au bord de la mer.

Sur l'autre rive du fleuve le Parlement pavoise, impassible, Országház, le mot résonne dans ma tête, avec ses voyelles longues à en faire bailler la mâchoire, imposant bâtiment néo-gothique piqué de son étoile rouge dans le ciel bleu. Et si… c'était là ? C'est quelque chose comme ça, une grande bibliothèque, oui… Oui, c'est là, sûrement. Adolescents, ma mère et son frère aîné, mon oncle Endre, passaient de longues heures dans la bibliothèque de cette bâtisse grisâtre. Mais qui m'a raconté cela ? Quand ? Je suis tellement soulagée de les imaginer tous les deux, un air frais s'est mis à valser, à chanter sous mes pieds mais comment le confier à Pál ? Mon oncle abîmait ses yeux contre les livres et leurs mots, passionné d'anglais et de français, de Shakespeare et de Balzac qui n'ont jamais cessé de l'accompagner depuis. J'imagine plus volontiers Zsuzsa le regard tendu vers la fenêtre, creusant les reflets de la ville dans les eaux vertes du Danube. Leurs silhouettes acceptent gentiment de s'effacer, de nous laisser à nouveau toute la place.

Alors Pál propose que nous allongions nos jambes, puis nos bustes et nos nuques sur les quelques marches qui mènent à l'eau. La pierre claire et chaude râpe nos cuisses, la vapeur tiède du fleuve imbibe nos joues, nos cous. Mon corps se dénoue, le Danube, large comme deux fois la Seine, charrie des eaux épaisses, voluptueuses, musicales. Que tout cela est bon, soudain !

Ça ne saurait durer.

Pál a saisi son appareil photo, un vieux Pentax, il a fait un premier cliché à la dérobée. Je ne bronche pas. Mais mes batteries sont rechargées. Quelqu'un a déjà envie d'une trace de moi, à Budapest, quelqu'un réclame une épreuve, une empreinte ? Jeune homme, tu ne sais pas à qui tu as affaire !

Je me suis relevée, raidie. Très bien ! Alors sors l'appareil, mitraille, nous allons témoigner ! Avec toi, je repérerai la ville. On ne va pas se raconter d'histoire, juste fixer le temps qui nous est imparti. Chauffe la pellicule, je te suis.

Vas-y, montre ! Je saurai mettre des noms, poser des marques, vérifier où chacun de ces pas nous mènent, délimiter, peser, mesurer, cadrer, comparer… Pál ne comprend pas ma nervosité, mes bras qui s'agitent, mon souffle court. Sa main est fraîche sur ma nuque, il l'a trempée dans le fleuve, mon sourire en retour brutal, affamé. Perdu.

« *Szeretsz sétálni ? Gyere !* » Oui, j'aime me promener ! Le jeune ténébreux qui a décidé de me servir de guide est habile, pas prêt à laisser mes sautes d'humeur gâcher son après-midi. Pendant la remontée de la vieille ville, puis du quartier du Château, lavé par l'ombre des ruelles étroites, il m'offre sans mot dire le moyen de relâcher les épaules, de laisser mes muscles peiner au rythme des escaliers empruntés. Surtout, il m'entraîne jusque dans des cours intérieures, petits bijoux cachés dans leurs écrins de rouille, de salpêtre, de peinture écaillée. On se tord les pieds sur les pavés, des odeurs d'oignons et de pommes chavirent nos narines, et j'ouvre des yeux béants devant ces cloîtres populaires, leurs balcons chargés de linge, de sacs de patates, de cris de gamins, de mauvais hard rock hurlant et de légers violons.

« *Ujságiró vagy ?* » Oui, je suis journaliste, mais oublie ça, veux-tu ? Enfin, voilà, continuons. Je crois que je lui ai pris le bras, la main. Il a embrassé mon épaule de ses lèvres chaudes.

Pál voudrait tout me montrer, la maison de Bartók, et les villas Bauhaus qui la jouxtent, splendides, *gyönyörü*, le marché aux puces, les clubs à la mode la nuit…

Je lui demande de nous arrêter devant une boucherie coincée entre deux vieilles villas, dont les faïences aux murs font danser les coqs et les cochons. J'ai envie de respirer l'odeur du lard au paprika. Pál fait une photo, cette fois j'ai oublié de m'arc-bouter, je trimballe ma chemise à rayures au milieu des saucisses qui pendouillent depuis le plafond, je hume, j'inspire, énergiquement, j'y noierais mes poumons, j'adore ce picotement sous mon nez, le boucher se met à rire, Budapest m'appartient.

Je ne sais pas où nous trouvons le courage de marcher encore sous la chaleur, mais à travers le quartier d'Obuda nous redescendons le long de ruelles mal goudronnées, piquées d'acacias, de tilleuls, d'eucalyptus, nous finissons par traverser le pont Marguerite, et nous voici à Pest, le pas traînant, la sueur perlant de la poitrine au nombril. Je découvre un dédale de rues larges et bruyantes, grises et polluées, un entrelacement de galeries, de cafés et de boutiques, où des planches de surf penchent contre de vieilles poteries, cachent des tapisseries hongroises. « Aujourd'hui, c'est là que tout se passe ! » prévient mon photographe aux traits gourmands, alourdis. Sur les petites places, les jeunes gens profitent du soleil en fumant des cigarettes.

« Club des artistes hongrois » : Pál dégaine sa carte d'entrée. « Permanente », précise-t-il. Ses pectoraux se soulèvent à en faire claquer son bouton de chemise.

Cinquième, sixième verre de *szilvapálinka* ? À dix-sept heures, nous trinquons encore sous les arcades du Club. L'eau-de-vie âcre parfumée aux quetsches tasse au fond de mon estomac le poulet englouti avec ses *galuska*, la salade dentelée de concombres au vinaigre sucré, le *rétes* aux raisins dont la crème aigre et grumeleuse frotte la gencive avant de fondre en amertume au rebord de la gorge. Une nouvelle fois, j'ai cette étrange sensation : la nourriture hongroise me porte au bord de la jouissance. Je suis obligée de ralentir mes gestes, les mouvements de ma mâchoire, de ma langue, dès que s'envole en ma bouche la poudre de paprika.

Ça me prend *en* ventre. Je mange rouge et au-dessus du pubis je sens mes veines, ma peau, mes muscles qui se resserrent en bourse. Mon vagin palpite, quelque chose se creuse. Je mange rouge, et je ne peux empêcher mes paupières de se fermer sur ces bouchées pesantes, quand les graisses s'étiolent en quelques tours de langue pour laisser ronronner la saveur du fruit, de la farine et du saindoux. Je mange rouge et ce sont les syllabes, les mots que je broie, je les tords je les masse je les mâche et je les macère, je les étouffe, je les libère, je mange rouge et je n'ai plus à parler, à guetter les signes, les vocables, leur transparence, je mange rouge et je ne suis plus qu'une langue orange, râpeuse, une langue fine, déliée, amoureuse, une langue chantante et doucereuse, une langue vivante et déjà tout mon palais se couvre de poudre rouge. Elle s'accroche à mes dents, rejaillit en mes doigts, sous mes yeux en pluie, le parfum et la poudre rouge me rendent âpre, rugueuse à peine, me donnent un grain de peau, un grain de vie supplémentaire, cette autre façon d'inspirer, d'expirer, une chance d'y goûter, de les rejoindre enfin, une chance d'en être.

« On essaie encore un petit vin ? » Je calcule, vite : un dîner royal ici me revient au prix d'un apéritif à Paris. C'est implicite, je réglerai l'addition, je suis la fille de l'Ouest, la « riche », nous le savons tous les deux. Il ne m'a pas abordée au hasard. D'autorité, Pál a commandé entrée, plat, dessert, vin et eau-de-vie, tout cela me convient.

Je me laisse tanguer, il ne faudrait pas qu'il me lâche là, mon photographe. Mais il se prélasse tranquillement dans son fauteuil d'osier, il n'a aucune intention de déguerpir.

« Le soir, le Club organise souvent des fêtes très joyeuses – à Budapest on danse beaucoup tu sais ? – je t'y amènerai, si tu veux. » Pál a les yeux qui brûlent, de beaux yeux noirs.

Je suis là pour quatre semaines. *Igen, igen*, d'accord, formidable, bien sûr on ira, quelle bonne idée, sers-moi encore un verre.

L'air s'est rafraîchi lorsque le chauffeur de taxi nous dépose devant une toute petite porte peinte en rouge, dans le quartier des ambassades, déserté au seuil de la nuit. En me gratifiant d'un baiser humide, Pál certifie une fois de plus que l'endroit est furieusement à la mode. Nous poussons la porte, je réajuste la petite robe noire que j'ai récupérée en vitesse chez mes hôtes, je le suis sur un escalier sombre et raide. Et nous nous serrons autour d'une petite table avec d'autres filles et garçons qui sourient, transpirent et se pelotent abondamment, les lèvres gorgées de bière.

Pour les copains de Pál, c'est tout vu : je suis une attraction. Une bombe sexuelle en hongrois, j'ai assimilé, ça se dit *bombázo*. Les filles, elles, se méfient : elles détaillent d'un regard cinglant mes seins en pommes, mon ventre rebondi et pouffent unanimement quand leur regard dépasse mes genoux. Droit dans les yeux, dans un anglais qui roucoule, la blonde Krista passe à l'offensive. « *You bought it therrrre ?* » Non, mes bottines noires à petit talon viennent de France, *yes*, on serre les lacets autour de la cheville, comme ça, c'est un peu rétro *I know*, et alors ? Krista décrypte, à mon intention : à Budapest, la bottine noire à lacets est la chaussure des serveuses, des hôtesses d'accueil, des gardiennes d'immeubles. De celles qui se mettent à votre service. Pour information. Les copines de Pál portent des escarpins, des ballerines, des jupes de satin coupées au ras des cuisses. L'étrangère ici, c'est forcément moi. Je choisis de danser, c'est encore le plus sûr moyen de rester légère. Krista sur la banquette se serre malignement contre l'épaule de Pál, il passe une main dans ses cheveux jaunes, son rire est gras au-dessus de la guitare métallique, mes épaules faiblissent. Je voudrais jeter mes bottines par-dessus bord, et pieds nus et seins nus et en string dentelle ça te va, dis ? C'est moi qui sens l'ail et le persil, ou Coco Chanel si tu préfères, la France, Paris, la tour Eiffel, elle tu t'en fiches et puis tu la connais par cœur, Pál c'est pas maintenant qu'on va renoncer à tout ça, je prends le premier venu par la main, un grand rouquin rieur, je lui propose un slow, je me colle un peu trop, ça marche, Pál réajuste son tee-shirt sur ses pectoraux, et sur la piste vient récupérer sa belle, la proie ce matin apprivoisée, *Gyere, gyere*, oui je viens, à dire vrai je ne sais pas encore comment et où, mais j'attends ça, j'attends la retraite des corps promise à notre soirée, j'attends qu'échoie entre nous l'intimité.

Il est trois heures du matin quand Pál me conduit chez lui, à la frontière nord de Buda, dans un immeuble moderne et triste, pourvu d'un hall jaunâtre, d'un ascenseur qui grince et de longues galeries désenchantées. Septième étage, je soutiens l'haleine du photographe flétrie de bière, sa nuque humide dans la nuit noire.

Nous y sommes.

Pál ruisselle d'un appétit un brin anthropologique à mon endroit, mon envers : il veut goûter à la Parisienne. Je reste un produit du libre-échange, ça l'intrigue, même dans ce petit pays depuis longtemps rallié à une économie de marché, quoi qu'en dise le régime communiste. J'ai ancré au corps un désir méchant, acide. Je veux me déranger, le déranger en retour dans sa pêche à la touriste. Je réclame moi aussi la peau d'un autochtone.

Nous y sommes.

Et mes doigts se raidissent, ma poitrine se soulève, mon souffle rétrécit. J'ai attendu ce moment toute la nuit, j'ai attendu ce moment depuis combien de temps, j'ai terriblement froid, mes épaules tremblent, mon menton claque sur l'air vide et chaud.

À l'assaut d'un corps magyar, mes mains sauront-elles ? Sauront-elles pétrir la chair, la pincer, la creuser, la fouiller, mes dents la mordre, crever ces lèvres pour qu'en sorte morveuse la salive enfiévrée, mes mains sauront-elles épouvanter ses reins à lui rompre le dos, à faire rugir ses viscères, et soulever son sexe à hauteur de mes seins et entendre enfin, enfin jaillir ces syllabes au pouvoir torve, et ces accents au battement rauque, dis, comment râles-tu quand tu fais l'amour, avec quels mots, que crache ta langue quand elle blêmit ? Sauras-tu seulement donner à ma jouissance un autre cri, une autre nuit ? Que tout cela est pesant tout à coup ! Le petit couloir de l'appartement est minable, et une femme au blond chignon maladroitement épinglé, les chairs abondantes et molles sous une nuisette, ouvre soudainement une porte : « *Mama, hagyjál minket !* » Ce couperet doit signifier laisse-nous.

Pál est blanc comme un linge. Je sens son doigt pointu me pousser furieusement dans le bas du dos vers une autre porte, sur laquelle a été placardée une affiche du photographe Kertész. Je reconnais tout de suite le plongeur et son short à rayures, j'ai envie de respirer devant ce corps long et puissant qui s'aventure sous l'eau moirée, au doigt je fais résistance, je souris à la maman, lui déroule quelques phrases nationales avec suffisamment de fautes pour qu'elle comprenne qu'on n'est pas du même monde, je rêve d'abîmer Pál soudain, il supportera cela s'il me veut dans son lit. La mère rajuste ses mèches, suspend un sourire languissant et, en penchant de côté le visage, m'offre sa litanie : « *Allez quelque chose à manger mon fils, il y a des choux farcis au réfrigérateur, on peut lui en réchauffer, vous connaissez les choux farcis ? Oui, mais vous préférez les poivrons, ah zut, Palko amour on n'a pas de poivrons, écoutez ma chérie, demain matin je me lève tôt, je vais au marché, Pál édes szivem, Pál édes kisfiam, mon petit garçon, mon cœur* »…

Pál lui hurle une injure qui m'échappe, sa main tremblante veut attraper la mienne, j'ai pitié je dis bonsoir, la porte de la chambre claque, Andre Kertész nous recouvre enfin.

Pour enfouir sa honte, Pál se jette sur mes seins. Sucer des tétons ça évite de parler, et moi je fais quoi ? Nos corps malhabiles basculent sur le petit matelas à une place de Pál, à même le sol, aux murs des photos d'Erwitt, d'Helmut Newton masquent le papier peint fleuri, des jambes sexy, longues à n'en plus finir, nous encerclent du sol au plafond, je me sens en cage, je ferme les yeux.

On a fait l'amour, mal, j'ai joué l'experte capable de lui proposer des petits trucs jamais expérimentés, des caresses longues et des salves de morsures envenimées, c'est ça qu'il attendait de moi, non ? J'ai embrassé en retour les lèvres d'un Hongrois légèrement brutal, silencieux, j'ai subi des hanches lourdes, éprouvé un corps qui ne cessait de soupirer fort, sans trouver jamais un rythme sur lequel se laisser bercer en continu. Au matin, je n'avais pas retenu le moindre mot d'amour.

Alors je me suis levée, doucement, prudemment, tandis que Pál dormait recroquevillé comme un bébé. Déjà l'air moite enveloppait la journée. Bottines à la main, je me suis précipitée sous la douche, rincée d'un jet malingre mais délicieusement froid, épongée dans une serviette rêche imbibée de lavande. Avec la souplesse d'un chaton je soulevais mes pieds légers dans le couloir, quand la maman m'est apparue : au beau milieu de son petit salon, fièrement assise, les mains calées sur ses genoux, lissant du bout des doigts sa robe de coton rose. Le teint propre, les yeux baignés de soleil, lavés dans le bleu.

« *Gyere drágam, tessék.* »

C'est une invitation à m'asseoir, et je sais que je ne peux renoncer à ce mot. *Tessék !* Ça se glisse comme une plainte, autant qu'une offrande, un mélange de « *voilà, je vous prie, allez-y* », *tessék*, tèèèchiiik entend-on, c'est Mme Suba qui m'offre ses lamelles de gâteau sur la paume de la main, ou ses merveilleux cretons dorés dans la graisse d'oie, le tèè bouscule, le chik prend la tangente comme un soufflet qui retombe, *tessék*, oui madame oui ma chère, ma femme hongroise, c'est d'accord je me pose près de toi.

Tu me demandes comment je m'appelle, Klara c'est un si joli prénom, oh quelle chance j'ai d'habiter Paris, et tu me trouves belle allure, tu parles doucement pour que je te comprenne, ta peau blanche parfumée d'une eau de Cologne soupire d'aise, comme c'est bon le dimanche matin à Budapest, tu aimes quand les voitures se taisent, tu travailles beaucoup, oui, je t'entends, le patron est un malpropre mais tu sais comment le prendre, eh oui, la vie est ainsi faite, mais je parle je parle et ne vous offre rien, *tessék*. Tèchik.

D'un battement de jambes à la cuisine, tu as fait surgir les choux farcis, sur le napperon brodé tu m'installes une pleine assiette fumante, la feuille verte a été savamment roulée autour du mélange de riz, d'oignons fins et de viande hachée, ton roux est soyeux, d'un orange presque transparent, les brins de thym parfument ton bouillon, mais oui, voyons bien sûr que j'en veux, c'est tellement appétissant ça sent si bon, *tessék*, elle me porte la crème aigre dans un petit ramequin, un verre de blanc oui trinquons toutes les deux, elle sourit, radieuse, ses yeux lavés de bleu, elle et moi on chuchote, non, ne réveillons pas le petit, on est si bien comme ça n'est-ce pas, « *egészségedre !* », à notre bonne santé ma chère, tu me nourris et tu me regardes mâcher le chou, toi tu bois un petit blanc, tes joues sont rosies de plaisir et tu fais ta coquette, oui, ça va, à cette heure matinale tu es un peu barbouillée mais surtout que je me régale, oui *tessék*, et je suis bien incapable d'arrêter de manger tant ton plat éclaire mon corps, réveille mes sens.

Tu t'appelles Kati, « *Kati néni, jó ?* », et la viande et le chou sont les armes de la Hongrie, comme dit ce vieux dicton de ton pays. Un joli rire clair égaie ta poitrine.

C'est toi ce matin-là que j'embrasse avec douceur avant de repartir, tes joues sentent le riz, tu en gardes deux ou trois grains collés au-dessus des lèvres, finalement tu y as goûté toi aussi, je les écarte, on se sourit.

Tu diras au revoir à ton fils, oui, bien sûr, je le rappelle, ta main me fait un autre signe depuis le petit balcon, du jardin je distingue à peine ton visage perché au septième ciel, j'ai raté ma nuit, tu ensoleilles mon matin, tu fais tinter la musique de nos vies, Kati *néni*, tante Kati.

J'ai repris le tram, une ligne, puis une autre, erré jusqu'à la citadelle du mont Gellért, j'ai empli mes yeux d'un flot danubien, une fois de plus, une fois encore, le fleuve et sa prestance. De retour à Paris, pendant quelques semaines j'ai punaisé sur un mur de mon appartement les clichés en noir et blanc que mon photographe avait eu la gentille idée de m'adresser. Celui où je tends les jambes au bord de l'eau, celui où je hume les saucisses pendues au plafond de la boutique, celui où des arbres en fleurs ombragent un vieil homme endormi.

Au-dessous de sa signature, Pál avait ajouté cette curieuse dédicace : « Seul le chou farci est meilleur réchauffé. » Joint au téléphone, oncle Endre après un bref silence, a éclaté de rire : « Ma chérie, en Hongrie, voilà depuis toujours ce qu'on a coutume de dire, quand un couple essaie de se rabibocher sans succès. Seul le chou farci est meilleur réchauffé ! »

La brosse à dents

Fogkefe

Ils couraient.
Ils couraient…

– Je les vois ainsi. Leurs visages s'esquissent, tendus, la peau blême, les traits fermés, concentrés. Je les vois s'écarter des arbres morts.

Mais ils couraient vers où, comment reconnaissaient-ils le chemin ?

Ils couraient, le plus vite possible, sur une neige dure, noire, gorgée de caillasse, ils faisaient attention à ne pas se tordre la cheville, dans la terre, les herbes, les ronces, la boue.

– Ils savaient jusqu'où ils allaient ?

Ils couraient dans la direction de l'Autriche, ils connaissaient cette direction, ils étaient une centaine, dans la nuit on les entendait par groupes, progresser comme des chevaux fuyant une écurie en flammes. Ils couraient en serrant le nez, en creusant la mâchoire, ta mère avait la gorge sèche, la poitrine enfiévrée, ton père respirait en haletant, en sifflant.

– Comment se suivaient-ils ? Comment ne pas se perdre ? Dans la nuit ils se tenaient la main ?

Ils couraient sans rien tenir que leur corps courbé. Ton père savait qu'elle était là derrière, qu'elle épousait ses traces jusque dans l'opacité de la neige et la cisaille du vent, ta mère avait la certitude de le trouver là devant, elle avait foi en eux, il y avait risque de se perdre oui, et non car c'était leur choix, ils n'en avaient pas d'autre : l'Autriche. L'Allemagne. La France, ensuite.

– Il faisait froid ?

Ils couraient dans une nuit d'hiver austère, qui crachait tour à tour de la bruine, puis des pluies poisseuses, jaunes, épaisses. Autour d'eux, il y avait cette odeur de poudre, partout.

Les chaussures collaient à la croûte trempée de la terre, les pantalons cassaient l'avant des genoux, l'arrière des mollets, jusqu'au sang parfois, ton père avait un vieux veston de cuir qu'il a fini par jeter dans l'herbe tant il était devenu lourd. Et puant.

Elle, elle n'avait rien. Un pantalon de coton, un col roulé, une sorte d'imper noué, des chaussures plates en daim. Pas de sac, pas de bagage. Un corps de femme d'un mètre soixante-trois centimètres et de cinquante-huit kilos, les yeux secs immensément ouverts et le cœur qui lui broyait la poitrine.

– Ils se parlaient ?

Se parler ? Mais de quoi ? Pourquoi ? On en avait fini avec le temps des mots ! Tes parents avaient pris une décision politique qui les rendait responsables l'un de l'autre, leur sort était lié par-delà l'évasion, pour un temps au moins c'était certain. Apatrides, ils perdaient provisoirement toute existence légale, ils quittaient une bureaucratie qui les avait chassés de l'Université parce qu'il était fils de médecin et elle d'industriel, parce que son nom à elle était « classé X », consonances à caractères suspects, élément indésirable. On avait battu leurs corps, à coups de poings, à coups de mépris, à jets d'injures, on avait dénigré leurs signatures, quels noms nouveaux un jour s'inventeraient-ils ? Avancer, là, devant. Refouler les instants d'effarement, pas de question, surtout pas de question. Devant.

Cette nuit déchirante de novembre, ils couraient en grappes et l'on entendait chez tous ces gens qui fuyaient le même souffle rasant – ne pas se montrer, devenir invisible –, puis le souffle a pénétré de plus en plus en gorge, il s'est creusé, abrité dans le larynx, le thorax, dans le foie, la bile, un souffle à son poste de travail, méthodique, mécanique, une aspiration-expiration froide, humide, un rythme sur deux temps, juste des vies qui courent. Cette nuit-là, sur la terre hongroise les mots n'existaient plus, seuls les pieds, les mollets, les genoux, les bras chevillés au corps, les oreilles en alerte avaient de l'importance. Les apatrides ont fait des trous dans les broussailles, dans les ronces, puis dans le grillage, à la frontière autrichienne des mains les ont tirés, ils n'avaient plus beaucoup de forces dans leurs muscles alors ils s'inventèrent peut-être autre chose. Du silence, pour tenir. Dense, du silence, pour y croire. Du silence, pour se voir, l'un et l'autre, admettre qu'ils iraient encore plus loin. S'aimer ? Ils s'en sentaient capables, même dans le lit d'une nouvelle langue bancale, s'aimer demeurait une promesse nécessaire pour respirer l'air libre. Désormais ils étaient seuls au monde, leurs yeux avaient supporté le même arrachement, leur tentative deviendrait le ciment d'une autre vie, à redémarrer ensemble, ailleurs, là-bas. Seul, c'est trop dur, c'est impensable, elle, elle n'imaginait même pas, lui savait qu'il resterait près d'elle, un temps au moins.

En cette nuit-là, les gens ne se parlaient pas, les gens ne se touchaient pas, les gens vivaient dans l'idée de sauver leur peau : ils acceptaient la sueur, la bave, les larmes, la croûte, les ongles, les cheveux, le sang caillé... Mais pas les mots qui faisaient encore plus mal que cela.

– Vous êtes qui vous, pour savoir ça ?

On est Véra, on est Gábor, on porte les visages d'une même jeunesse, on est Ferenc, on est Erzsébet, on avait vingt ans comme eux, on est restés c'était notre terre, pauvre terre, on lui faisait confiance, on n'en voulait pas d'autre. On était nus, momentanément dépouillés mais l'hiver, le froid, les Russes un jour passeraient leur chemin. Après la guerre, après les chars, après les tirs et la rébellion reviendrait l'insouciance, on en parlait des nuits entières, on en rêvait éveillés, on l'écrivait, on l'écrivait. On est les mères, on est les pères, on est les frères qui avons pleuré dans la langue de notre malheur ces exilés qu'on ne caresserait plus que de loin, de loin. On est Pál, on est Krista, on est les enfants des non-fuyants, les enfants d'une génération qui n'a jamais appris l'insurrection de 1956 à l'école. On est les poètes qui n'avons pu oublier le goût des mots, on est les nourrices, les villageoises qui avons préparé le pain des fuyards. On est le fleuve, on est une campagne, on est un lac plat sur des kilomètres, envahi de coccinelles l'été, on est la vase, qui colle aux sandales plastique quand on part se baigner au Balaton, là-bas aussi on marche sur des kilomètres dans la suave chaleur d'août en Hongrie, on est un rideau troué d'expé-

riences, et le souvenir qui frappe, gicle et saigne, dérange les enfants qui sont nés ailleurs, alors on panse, on cicatrise, et on reconstruit par-delà l'épiderme, nouvelle cuirasse, on apprend à se glisser progressivement au fond des veines, à l'intérieur des os, on se glisse, on murmure, on deviendra cendres et poussières, on parlera en songes. On parlera en toi.

Pendant des années, j'ai appris à fermer les yeux. À fermer les yeux, et à poser ma tête contre l'oreiller, doucement, précautionneusement, pour les protéger, ne pas les heurter, les accueillir, les laisser faire. Les laisser dire. Pendant des années, immuablement elles s'annonçaient par quelques petits signes – une nuque lourde, un pincement dans la tempe, des tressautements au rebord des paupières, des narines, des lèvres –, et je trouvais moyen de me retirer du monde pour n'entendre plus qu'elles. Immobile, attentive, j'écoutais les voix.

Ainsi ont-elles dit, jour après jour, saison après saison, nuits retournant l'éveil, frissons déchirant les silences. Voilà ce que les voix ont murmuré dans ma tête, assemblant mes images de leur exil, me nourrissant d'un plan-séquence en noir et blanc sur le redoutable pointillé d'une frontière, voix lancinantes, obsédantes tandis que j'étais une enfant, que je devenais une adolescente, une jeune femme, une femme.

De leur départ, je ne savais rien, ou presque.

De cette combustion qui rassemble les instants chauds d'une enfance, les enserre et les enfouit au fond de la poitrine, de cette rage qui n'éclaire plus que le désir meurtri d'un autre soi possible, de ce partage d'une âme et du choix d'un voyage, de cette implosion qui donne, par-delà tout ce qui reste en ruines mais qui reste encore, le sens du mouvement, l'intuition d'une issue et permet de continuer à vivre…

Avec quelles forces fait-on ce pas déterminant ?

Je mesurais quel courage il leur avait fallu pour quitter parents, frères, amis, pays. J'épiais quelle cruauté il leur avait fallu pour quitter parents, frères, amis, pays.

Les voix comblaient l'abîme.

Sans me prévenir, un jour pourtant, Péter prit la parole. Un peu, très peu, et ce fut sec, assourdissant. Au seuil de ses cinquante-cinq ans, un après-midi de l'été 1989 à Paris, avec une incroyable intuition de la marche de l'Histoire, Péter s'assit près de moi. Il creva cette abstraction rocailleuse qu'avait fini par devenir le jour du départ, ligoté dans l'écheveau des voix intérieures. Et il raconta d'un ton neutre. Je n'eus pas à poser de question.

« Notre plan le 21 novembre 1956 était de prendre le train du soir. Celui de 20 h 20, pour aller de Budapest à Mosonmagyaróvár, chez une sœur de ma mère, qui habitait tout près de la frontière autrichienne. Nous étions arrivés presque au bout du parcours, quand la rumeur s'est propagée : les Russes avaient pris position à la gare de Mosonmagyaróvár, ils se préparaient à nous arrêter. Une quarantaine alors, nous sautons du train, nous nous dispersons dans les champs, au village le plus proche, vers vingt-trois heures regroupés à nouveau, nous recevons une soupe. Un guide propose de conduire notre groupe dans la nuit, sur vingt kilomètres environ. Ce n'est pas difficile. Nous avançons avec de la boue et un peu d'eau dans nos chaussures, c'est tout. Après une heure de marche, nous entendons des bruits, la voix des soldats, on aperçoit l'éclair des lampes torches. Notre guide prend peur, il fiche le camp. Mais les soldats hongrois nous serrent la main, ils nous aident à trouver le chemin dans la nuit. Vers cinq heures du matin, le 22 novembre 1956, ta mère et moi franchissons à pied la frontière autrichienne. Des cars attendent les réfugiés, on nous offre des vêtements, des lits. Et le 1er décembre 1956, ta mère et moi arrivons à Paris, par la gare de l'Est. »

Mon père dit : « Klara, il n'y a pas eu de scène de panique. Ça s'est fait, c'est tout. »

Son court récit place brutalement les voix en arrière-plan. Il ne peut les éteindre, elles ont murmuré trop longtemps pour accepter de se taire. Il les rend plus sourdes, mates, un peu ridicules. Je m'en fiche, je les garde contre moi, mes voix, mes écharpes, mes douces couvertures, je sais trop combien j'en ai besoin. Et je m'aperçois soudain que le récit de Péter néglige une image muette, une seule, que Zsuzsa m'a livrée sans y prendre garde, sans s'y arrêter. Dans le spectre de cette phrase, qui pour ma mère résumait sans doute ce qu'était la nature même du risque, et le poids de la vie : « En France, Klara, je suis arrivée avec juste une brosse à dents en poche. » Cet infime bagage n'a jamais cessé de forcer mon respect, mon admiration, mon imagination.

Zsuzsa, se peut-il qu'il fût réduit à cela, ton bazar magyar à toi ? Juste une brosse à dents en poche, pour rincer ta bouche, lui permettre à nouveau de manger frais, de parler propre, de sourire franc ? Une brosse à dents pour te laver le souffle, un petit ustensile de rien du tout qui affûte et éclaire ton appétit de femme volontaire, lumineuse et tellement optimiste…

D'une frontière à l'autre, une brosse à dents se chargea de laver les mots hongrois en ton palais, de les réduire en eaux, en bulles, en rien, pour dérouler devant les mots français un long tapis vierge, leur offrir un accueil net, flambant neuf, impérial.

Pour leur laisser, un temps au moins, toute la place.

Le salami et le Tokay
Szalámi és Tokaji

À onze heures du matin, le 23 octobre 1989, sous un ciel bleu d'azur, place Kossuth à Budapest, j'étais prête à attraper l'Histoire. À en forcer au besoin la porte, pour y faire, moi aussi, mon entrée. Au chapitre de la revanche sur l'oppression soviétique, et du retour lumineux à la liberté de s'exprimer, de penser et de voyager, la reporter parisienne guettait sa chance d'avoir enfin quelques mots à inscrire.

Mais qu'est-ce que j'espérais ? Un témoignage en chair et en os, des sueurs et des larmes à leur offrir ? Un pansement blanc, calmant et régénérant, à apposer sur cette partie de leurs cœurs demeurée gelée ? Est-ce que j'imaginais que le cadeau serait plus profitable encore pour Péter et Zsuzsa si je m'en mêlais ? J'avais grandi nourrie au sein de l'anticommunisme stalinien le plus absolu, le plus viscéral, aussi fallait-il que je voie de près l'agonie de la bête, du monstre qui les avait arrachés à la racine de leurs premiers corps, de leurs premiers mots. Durant toute mon enfance, ma mère, acculée quelquefois au précipice du passé sombre qu'elle ne voulait plus éclairer, emballait tout ça dans l'expression « les événements ». Il existait un avant, et un après. « Les événements » dans mon esprit avaient toujours été clairement datés : 23 octobre-4 novembre 1956. Et voilà qu'au seuil de ce trente-troisième anniversaire de l'Insurrection hongroise, je devenais cette journaliste dépêchée sur l'événement. Depuis une dizaine de jours maintenant, je prenais note, je cherchais trace, sans compter mes heures je recueillais les témoignages et multipliais les interviews, coupant aussi brutalement que maladroitement la parole à la ravissante Aniko, étudiante de dix-huit ans dont je m'étais quand même adjointe les services de traduction, tentant d'être objective quand je me savais totalement conditionnée, feignant la froideur de la mission professionnelle quand je me savais emportée par ma douleur avivée. Mais quoi ! Les Hongrois avaient osé faire une trouée dans le rideau de fer, je m'étais immédiatement glissée dans la percée.

Et je pouvais être satisfaite : mon propre réseau d'informateurs avait parfaitement fonctionné. C'est Pál qui le premier avait donné le signal, et invité un facteur français à me réveiller le 4 mai 1989 dès huit heures du matin, pour un pli urgent.

Depuis deux années, j'avais perdu le contact avec mon unique amant à Budapest. Le timbre et le simple cachet de la poste hongroise, suffirent à déchaîner les battements de mon cœur. La clochette de Mme Suba tintait une nouvelle fois à mes oreilles. J'ouvris fébrilement l'enveloppe, je manquai de déchirer la photographie historique : un homme, en uniforme militaire, armé d'une immense pince-monseigneur, soulevait de ses mains épaisses sur quelques mètres un enchevêtrement de barbelés. Son souffle court m'éclaboussa. Sur un bout de feuille, Pál avait griffonné quelques mots :

« *Ça s'est passé le 2 mai, à Sopron. Ce garde a découpé un trou dans la frontière avec l'Autriche. Klara, j'y étais ! Et je les ai vus avancer, des vacanciers, un petit groupe, ils étaient une dizaine, des Allemands de l'Est qui séjournent ici tous les ans, ils sont arrivés en courant, ils avaient entendu la rumeur. Ils ont hurlé en posant le pied sur le sol autrichien, tu ne peux pas imaginer ces cris de joie, ils étaient tous jeunes, des gars bronzés, des filles en short, des étudiants en congé, on aurait dit des enfants qui sautaient pour la première fois dans la mer ! Qu'est-ce que tu attends pour venir ?* »

Dans les jours, les semaines qui suivent, les informations se précisent, s'intensifient. Gyula Horn, ministre hongrois des Affaires étrangères, a bel et bien enclenché le mouvement, et Mikhaïl Gorbatchev à Moscou laisse faire. Depuis des années déjà, les Hongrois peuvent librement se rendre à Vienne faire leurs courses du week-end. Ils ont pour habitude de rentrer tranquillement chez eux le dimanche soir. La nouveauté maintenant, depuis ce jour de mai capturé dans l'objectif de Pál, est que les gardes qui patrouillent sur la ligne ouest n'exigent plus des citoyens d'Allemagne de l'Est, si nombreux à venir jusqu'au lac Balaton, le fameux visa de sortie d'un pays socialiste. Un par un, deux par deux, dix par dix, ils laissent filer dans les mailles du rideau troué les candidats à l'exil. Au cœur de l'été, le 19 août, s'organise à partir de ce petit coin du monde la plus grande fuite de citoyens est-allemands vers l'Occident jamais orchestrée depuis la construction du mur de Berlin, vingt-huit ans auparavant. Pál m'abreuve de photos, Kati *néni* en personne me téléphone en hurlant des aigus gouailleurs dans le combiné : je comprends que son propre beau-frère, garde-frontière à Sopron, lui fait un résumé quotidien des opérations. Le 19 août donc, ils sont plus d'un millier de Hongrois et d'Autrichiens réunis pour un gigantesque pique-nique, qui ont convenu qu'un poste frontière désaffecté, sur un chemin de campagne, devait pour l'occasion être totalement ouvert. Un périple est prévu entre Sopron et le petit village autrichien de Saint-Margarethen, sous la conduite de la fanfare locale. Arpád, le fameux beau-frère, placé avec ses hommes à hauteur de l'ancien poste dont la serrure rouillée n'a même pas été remplacée, choisit d'ouvrir large la grille quand sous le soleil plombant de l'après-midi une gigantesque cohue fond sur lui. Il comprend que des centaines d'Allemands s'y sont joints. « Il ne pouvait pas donner l'ordre de tirer, *érted* ? » rit et pleure Kati *néni* dans le fil du téléphone.

Cet après-midi-là à Sopron, plus de six cents Allemands de l'Est passent de Hongrie en Autriche, où les attendent des autocars affrétés par l'ambassade de la RFA à Vienne. Pál photographie des hordes de jeunes gens en jean et en tee-shirt, des pères à chevelure longue et sandales ouvertes sur leurs pieds nus, des mères avec leurs enfants sur les épaules, dans les poussettes, les landaus... À l'ambassade de la RFA à Budapest, ils arrivent chaque jour par dizaines, candidats à cette belle inespérée, que les Hongrois installent tant bien que mal dans un camping, improvisé sur les collines de la ville. Bientôt, les plus téméraires ne s'arrêtent même plus dans la capitale hongroise pour y faire tamponner leur passeport allemand : ils abandonnent dans les ruelles de Sopron leur Trabant et franchissent la ligne les mains vides. Début septembre, le gouvernement hongrois déclare l'ouverture totale de sa frontière avec l'Autriche. Les chiffres officiels annoncent cinq mille, puis six, dix mille, et encore plus de vingt mille passages de citoyens est-allemands par la « ligne verte ». Le gouvernement de la RDA garantit en septembre qu'il ne poursuivra pas les fuyards, de plus en plus nombreux à Budapest, mais aussi rassemblés dans les ambassades de Varsovie et de Prague. Ils seront épargnés « en raison de la présence parmi eux de nombreux enfants ne pouvant être tenus responsables du comportement insensé de leurs parents ». Le 7 octobre, Mikhaïl Gorbatchev atterrit à Berlin-Est, pour le quarantième anniversaire d'une République démocratique moribonde. Je regarde à la télévision le vieil Erich Honecker, dont le menton tremble tandis qu'il « célèbre avec fierté quarante ans de travail héroïque ». Mikhaïl Gorbatchev, acclamé par la foule allemande, annonce que les questions qui concernent la RDA « ne se décident plus à Moscou, mais bien à Berlin-Est », rompant d'une phrase avec quatorze années de dogme brejnevien. Le mur de Berlin n'a plus longtemps à tenir, un mois à peine. Budapest la frondeuse déboulonne les statues de Lénine, pour accoucher au plus vite d'une République toute neuve en Europe.

– Klara, vous parlez hongrois ? me demande mon rédacteur en chef.

– Bien sûr ! De mémoire, j'ai même eu seize au bac.

– Parfait, vous partez dans deux jours.

Gonflée comme Rastignac, ce lundi 23 octobre 1989, je me poste donc au milieu de la place Kossuth noire de monde. Cent mille personnes peut-être se pressent aux abords du Parlement. D'immenses tissus plissés, rouge, blanc et vert enveloppent la façade du palais, fixant les couleurs nationales que des drapeaux par milliers font vaciller au-dessus des têtes, tout en retournant un vent clair. Surgissant par les ponts, les tramways ne cessent de déverser vers Pest des flots de piétons silencieux. Leur foulée rapide, décidée, dépose sur le bitume l'empreinte obsédante d'un roulement de tambour.

Je ne distingue pas de cri, pas de slogan dans cette foule qui mêle tous les âges, bousculée çà et là par des cordelettes d'adolescents qui dessinent dans la masse compacte quelques éclairs zébrés. Des couples se serrent, des enfants se faufilent entre les jambes, ils grimpent sur les épaules, des vieilles dames ont déplié leur tabouret de toile posé en équilibre sur deux tiges de bois. De plus en plus nombreux, les gens patientent, accrochés aux seuls mouvements des drapeaux, des doigts qui suspendent au bout des bras levés des petits V comme d'innombrables loupiotes. En plein soleil, beaucoup tiennent à la main un cierge allumé.

Je ne dois pas oublier le détail de l'étoile : elle est toujours accrochée sur la flèche du Parlement hongrois, mais l'étoile rouge ne brille plus.

À midi pile, les cloches retentissent. Les visages, comme un gigantesque damier, pivotent, au balcon vient d'apparaître Matyás Szürös, le président de l'Assemblée hongroise. Il se penche vers le micro : « Je proclame solennellement que le Parlement a transformé la Constitution. À partir de ce jour, notre État est la République hongroise. » Je note fébrilement. Exit le qualificatif « populaire ». Une puissante ovation roule en tonnerre, l'orateur avance une paume sur ce grondement des airs pour tenter de poursuivre son discours. Sous le balcon de Szürös, l'aréopage des communistes réformateurs, les nouveaux « socialistes » d'octobre, claque des mains avec une ruisselante énergie. Szürös reprend, dans un micro qui crachouille : « Il faut poursuivre le chemin qui mène à la démocratie. Nous considérons toujours de notre intérêt d'entretenir des relations correctes avec l'Union soviétique. » Les sifflets fusent, le forçant à une pause. « Et les contacts avec les puissances occidentales, et notamment les États-Unis, sont capitaux aussi. » Reprise des applaudissements. Des jeunes gens sont amarrés jusqu'au sommet des arbres, des lampadaires. « Après tant d'années, le peuple mérite un peu de bonheur et d'abondance », avance Matyás Szürös.

Une femme d'une soixantaine d'années gémit, elle s'évanouit. Je relève son corps maigre, léger, tandis qu'un couple lui propose à boire. La dame aux yeux gris clair réajuste d'une main encore gourde le col de son petit imperméable, passe les doigts dans ses cheveux défaits, le long de ses tempes, ses joues reprennent des couleurs. Elle saisit mon épaule en appui, se recentre, se redresse, fièrement, et d'un seul coup elle râle, elle geint, elle éructe des sons désarticulés, qui lentement se remettent en place, s'accordent jusqu'à ce qu'elle chante, enfin, d'une voix profonde, à quelques centimètres de mon cou. Le chant sort des corps, le sien, puis au-delà, de tous les corps. Je rattrape la phrase au vol, je la connais, mais de si loin… « Dieu, bénis les Hongrois dans la joie et l'abondance, protège-les contre l'ennemi… » L'hymne national enfle dans les gorges, les larmes noient les visages. Le chant emporte la place.

Szürös, qui vient de devenir par ces minutes historiques président par intérim de la IVe République hongroise, agite le drapeau tricolore avant de fondre à l'abri, à l'intérieur du Parlement. La cérémonie officielle aura duré trente minutes. Sur la place Kossuth, la foule est grave, elle ne se disperse pas, elle n'a pas cessé de chanter.

« *Ruszkik, haza !* » (Que les Russes rentrent chez eux !) hurle soudain un homme livide en costume sombre, qui porte l'âge de mon père, et crache par terre. Je m'accroche à mon bloc, à mon stylo. « Note ! » ordonne-t-il en attrapant brusquement mon poignet droit. « Tu as entendu ? Le pouvoir vient d'appeler à fêter ce lundi 23 octobre comme une journée de réconciliation nationale. Putain de réconciliation ! » Ses lèvres blanches tremblent, sa rage me terrifie, mais je ne lâche pas ses yeux. Ils sont exsangues, en quelques secondes ses traits se sont affaissés, il a pris vingt ans. Je retiens sa main dans la mienne. Doucement, sa peau, son sang refont surface. « *Gyere !* Allez viens, viens boire un coup, ami. » Deux garçons, d'une vingtaine d'années, sourient et insistent, tapotent gentiment ce dos inconnu, puis persuadent l'homme de les suivre tandis que la foule a commencé à se détacher, par paquets. J'essuie mon front humide, ma nuque lourde, je ramène la salive dans ma bouche.

Et je vois qu'ils sont restés là, quelques-uns, autour de moi. Figures immobiles, attentives, elles veulent me parler, et me voir inscrire leurs propos sur mes pages blanches. Un début de vertige vrille ma colonne vertébrale.

Cinq, six, sept… Ils sont trois hommes et quatre femmes, des chevelures qui commencent à blanchir, deux jeunes tignasses blondes crêpées, dorées, il y a encore cet homme chauve, à peine la quarantaine, et ces mains qui s'affolent, se répandent en politesses, je vous cède la parole, je vous la coupe aussitôt, *de kérlek szépen légyszives* après vous *tessék*. Le niveau sonore monte, les bouches deviennent impatientes, insistantes, virulentes, elles veulent témoigner. À moi la récolte des épreuves traversées. À moi d'interrompre, d'affiner, d'interroger, oui, car je suis du camp de la curiosité, voilà pourquoi je suis payée, pour vous l'offrir en porte-voix, mais plus lentement je vous prie plus doucement c'est un cauchemar qui s'éveille, parlez pas tous en même temps j'ai envie de vomir, vos traits sont déformés, vos haleines sont fétides, il reste trop en bouche, des aigreurs, du malheur, ces terribles obéissances, et l'émotion qui vous redresse et ce besoin de dire ailleurs et au-delà de vos paysages sans mer et sans montagne, les petites nations ne le sont pas par leurs frontières elles le sont par leurs craintes de ne pas écrire l'Histoire, m'assurez-vous pompeusement, mais l'Histoire s'est faite là, sur cette terre, entre le 23 octobre et le 4 novembre 1956 quand avec courage nous avons repris notre destin, fallait voir cette jeunesse et les armes à la main, fallait voir les sourires et l'espérance exquise, parlez moins vite je ne peux pas tout retenir je n'ai jamais appris à retenir je n'ai jamais appris à traduire, ou si peu, et si mal, et si seule, et je n'y étais pas, et ils n'y étaient pas, enfin si, si !

Pardon, *bocsánat*, ils y étaient, bien sûr ils en étaient mais ils ne m'ont rien dit, je sais, je sais par les archives de la télévision, je sais cette ville dévastée, abasourdie, asphyxiée, les cadavres calcinés, les ruines comme au lendemain de la guerre dans ces quelques rues où combattirent les étudiants... Redites-moi d'où seulement, d'où s'époumonait Imre Nagy, héros et martyr de la Révolution de 1956, et cette place de la Radio d'où furent lâchés les premiers tirs, et les chars russes partout, et ce plomb recouvrant la ville et la paralysie des sons, et l'état de siège et tous ces mots en cendres, les jolis mots hongrois, les mots rieurs, les mots ronds, partout sur la ville, sur le pays, la glaciation, la glaciation des cendres et ces jeunes gens qui fuient pour l'amour de parents qui espèrent, et désespèrent... Je vous en prie pas tous en même temps, c'est promis, oui, j'écrirai l'un après l'autre je vous en prie, *egy kicsit lassabban*, plus doucement, plus doucement, je vous en prie, je vous en supplie !

Les bouches béantes articulent désormais au ralenti.

Alors je note, telle une éponge.

László, 50 ans, ingénieur : « *C'est là, c'est aujourd'hui, c'est le jour de notre liberté. Nous portons dans notre âme le souvenir de nos morts.* »

Miklós, 56 ans, architecte : « *Nous nous sommes tus il y a trente-trois ans. Ce matin, on revient à la vie. Maintenant, oui, il faut que les chars russes rentrent chez eux, alors vraiment nous pourrons goûter notre liberté.* »

Gaby, 14 ans, lycéenne : « *Jamais plus le communisme !* »

Maria, sa sœur, 25 ans, étudiante en droit : « *On n'a pas connu 1956, mais nos parents nous ont raconté. 1956 nous appartient, autant qu'à ceux qui l'ont fait ! Nous sommes là pour que nos vies ne soient plus jamais dirigées par Moscou !* »

Agota, 62 ans, mère de famille : « *Ce matin du 4 novembre 1956, nous étions rassemblés dans notre appartement à Budapest. Depuis nos chambres, nous avions parfaitement compris que les chaînes des chars soviétiques écrasaient l'asphalte. À deux heures du matin, ce furent des coups de feu, un peu plus tard le choc des canons. Quand le jour s'est levé, Radio Kossuth libre, qu'on avait écoutée pendant les douze jours de l'insurrection, s'est tue. Brusquement. Un silence terriblement angoissant a duré jusqu'à vingt-deux heures. Puis les émissions radiophoniques ont repris. Sous le contrôle des autorités soviétiques. Pour dire qu'une poignée de personnes surexcitées avaient essayé en certains endroits de la capitale de perturber l'ordre public. Qu'elles avaient quitté les lieux, après avoir été priées de se disperser. Je suis sortie dans la rue, avec László, mon fiancé. J'ai découvert que les chars soviétiques verrouillaient les ponts. Je me suis approchée d'un jeune soldat, j'ai regardé son visage sous son casque. Il était mongol. Il ne parlait pas le russe. C'était l'idée des Soviétiques pour empêcher toute communication avec nous. Ces jeunes hommes ne savaient même pas où ils étaient.* »

Imre, 53 ans, professeur de musique : « *Assez de mauvais souvenirs ! Ce soir, on va se saouler comme jamais, faites-nous confiance. Et revenez dans quelques semaines.*

Vous les verrez s'entretuer! Les avez-vous admirés, les anciens du régime, les avez-vous regardés applaudir Szüros comme des lapins mécaniques? Dans l'opposition, enfin... l'ex-opposition je devrais dire, il y a des types jeunes, valables, sans doute. Mais ambitieux, très ambitieux... Ils savent bien qu'on va faire de l'argent en Hongrie maintenant. Et ils ne vont pas tarder à se bousculer. Voulez-vous que je vous résume le scénario? Demain, il y aura davantage de fric en circulation, plus de chômage, et probablement pas mal de désordre. Dans une Hongrie indépendante... je veux y croire, bientôt on connaîtra nous aussi des élections libres. On a toujours fait partie des petits qui se sont fait bouffer, mais on n'a jamais dit notre dernier mot, c'est ça que j'aime chez nous! Si on peut, on intégrera l'Europe politique. Qu'est-ce que vous en pensez, vous? »

Moi je ne pense plus. Je me raidis dans mon costume de journaliste qui enregistre, trie, fera imprimer les témoignages... Je les regarde, je ne les regarde plus. Parce que je fuis, je m'enfuis de cette foule collante vers le pont, vers le parapet, face au fleuve je me colle à la pierre, j'ai remonté les heures, les minutes, je veux retourner au chant, au vent qui pénètre les gorges, « Dieu, bénis les Hongrois dans la joie et l'abondance »... Je n'ai fait que les imiter, enfin j'ai pleuré, des pleurs lourds, lourds, épais, gras, une délivrance. Un chagrin dont j'ai hérité à ma naissance, sans mot dire. Un chagrin maudit.

Je dois écrire mon papier. Je m'engouffre dans le hall de l'hôtel Hyatt, et recroquevillée sur une banquette en cuir, j'inscris nerveusement les phrases sur un bloc cartonné : « Sous un ciel resplendissant, la foule serrée, compacte, grave, a entamé l'hymne national hongrois... »

Je dicte au téléphone mon article à la sténotypiste en poste, à Paris.

À quelque trois mille kilomètres de là, Zsuzsa et Péter, chacun de leurs côtés, vivent sans doute une journée ordinaire. Demain, ils liront peut-être le journal. « De notre envoyée spéciale, à Budapest. »

Nous n'avons pas parlé à mon retour de l'hymne national sur la place Kossuth ensoleillée, nous n'avons jamais évoqué des articles pour lesquels le journal m'avait félicitée. Une nouvelle fois, je les ai crus inatteignables, presque insensibles, cette partie du cœur définitivement gelée. Évidemment, j'avais tort. Bien plus tard, j'ai découvert que Péter, dès l'année 1990, avait fait émettre un nouveau passeport hongrois à son nom de naissance, qu'il avait, sitôt que ce fut possible, recalé son existence dans la revendication de cette double nationalité. Peu importait qu'il revînt un jour au pays, y faire des affaires, y racheter des souvenirs, y vivre une retraite dorée, y mourir. L'essentiel était que l'administration magyare lui rendît sa pièce d'origine. Ce 23 octobre 1989, j'avais espéré coller aux tempes battantes, émerveillées d'une Hongrie nouvelle, libérée, pacifiée. J'avais espéré ouvrir à l'intérieur de mon propre territoire cette grille cadenassée en mon cœur, où se logeait le suc d'une nostalgie transmise, malgré eux, une curieuse nostalgie de deuxième génération où vous manque tout ce que vos parents assurent avoir quitté, abandonné, tué avec soulagement et fierté.

Fille d'immigrés, aurais-je seulement pu être comme eux, une Hongroise, rien que ce seul jour ? Je m'étais si souvent répété que la douleur étroite qui traverse parfois la nostalgie n'est pas seulement faite d'un pays, d'une couleur, d'une odeur qui soudain vous manquent. Non, ce qui pèse cruellement pour l'individu nostalgique, c'est cette ignorance de ce qu'il aurait pu devenir… s'il était resté là-bas. S'il n'avait pas fait ce qu'il a pourtant fait. C'est d'être privé de tout savoir, de tout pouvoir sur cette autre vie à laquelle il a échappé. Sur cet autre soi-même, qui déambule, fantôme condamné à ne pas vieillir. Aurais-je été plus beau, plus riche, plus célèbre, plus heureux, plus malheureux, si différent, si j'étais resté là-bas ?

Alors moi, fille de Péter et Zsuzsa, puisque depuis ce petit territoire maudit autrefois ils s'aimaient, aurais-je seulement pu naître une première fois dans ces langes, dans cette langue aux accents de plaine déchirée et aux couleurs de vigne ? Aurais-je seulement pu retenir une heure, une minute en ma cage thoracique cette autre terre comme si elle était mienne, toucher, humer, malaxer, retourner, goûter, recracher mon monde à la cuillère d'un autre goût, d'une autre musique intérieure, qu'est-ce que tout cela aurait donné ?

Aurais-je seulement pu être une Hongroise, une vraie, un abricot mûri là-bas, de l'enveloppe au noyau, rien qu'un seul petit jour ?

C'est comme le rideau de fer de mon enfance : qu'importe si aujourd'hui la République se lève en Hongrie, si tu assistes à sa naissance, pour toi le verdict est sans appel, il tombe brutalement, férocement. Une Hongroise, toi, non, jamais. Une vraie Magyare, jamais. Cette autre de moi, qui d'eux là-bas aurait pu naître, grandir près de ses grands-mères, et danser en jupe brodée, parcourir la finesse tragique d'un petit peuple rebelle qui n'en finit pas de se plaindre et d'en rire, jamais. Née en France, j'ai poussé écartelée entre la sécurité de la langue française, langue de vie resplendissante, bien campée sur ses bataillons de règles grammaticales époussetés, brossés, briqués, à la musique souple et pure comme la fine lame d'un vers de douze pieds, et l'ombre du murmure hongrois, sanglant, asphyxié, replié, retourné, caché, ridiculisé tant de fois... mais parfumé comme la première caresse, goûteux comme le premier lait.

En hâte à l'aéroport de Budapest, au moment ultime du départ, il me parut soudain impensable de ne rien rapporter de ces journées, souvenir, pièce à conviction, trophée, preuve... je cherche encore le mot juste. J'ai échangé mes derniers forints contre un rouleau de salami et une bouteille de Tokay, bien en vue sur les étals entre les parfums et les cigarettes. Du fameux salami Pick à l'écusson tricolore scellé au plomb, du Tokay en petite bouteille d'un demi-litre, garnie sur le col de cette devise kitsch : « roi des vins, vin des rois ». Du salami et du Tokay, fleurons de la vitrine commerciale de ce petit pays dont je prétendais sonder le cœur, le ventre, les os. De Budapest à Paris, j'ai rapporté du salami et du Tokay, comme une bleue, comme une touriste. Du salami et du Tokay, un doublé que chez Mme Suba, jamais on n'aurait seulement songé acheter. Mon père leur préférait cet épais lard gras et blanc, moelleux, suintant, paysan, et de la vieille liqueur jaunasse aux poires, raide comme le feu qui grimpe de la gorge à la cervelle.

Les galuska

Galuska

Ça ne tourne pas rond chez Zsuzsa. Depuis trente-huit minutes exactement, elle parcourt à pas vifs son appartement, la main accrochée à son téléphone, la voix haut perchée, les yeux raccordés aux étoiles, négligeant ma présence. Elle exhibe des iris brillants, des pommettes rosies, des lèvres intarissables. Depuis le salon, je peux l'apercevoir, passer dans le long couloir, d'abord de gauche à droite en étirant béatement de longues voyelles – êêê, iii, uuu –, puis de droite à gauche, les mâchoires relâchées, le visage alangui, les paupières mi-closes. Et la voici qui avance vers moi en relevant le bout de sa langue sur sa lèvre supérieure, elle s'écrase d'un coup sec sur le divan, toujours pendue au téléphone elle empile sur ses genoux trois coussins, qu'elle caresse maintenant d'un doigt sensuel, la voilà qui renverse le visage, le menton, le cou en arrière… Par saccades, Zsuzsa rit, bêtement. Elle miaule. Elle caquette, elle jacasse, elle roucoule, elle inspire les sourcils incurvés, puis frissonne entre deux rangées de dents. Des rrr bruissants métamorphosent sa gorge en une grotte caillouteuse et humide. Et tous ces exercices ridicules de gymnastique buccale, je suis obligée d'admettre qu'elle les effectue là, devant moi, en hongrois.

La terreur, maintenant, c'est que je ne comprends pas un mot de ce qu'elle dit. Pas un traître mot, pas un seul foutu mot. Je reconnais l'accent, je reconnais la musique, aucun doute là-dessus, mais je n'attrape rien, je ne retiens rien, je ne retrouve plus rien. La langue que depuis quinze ans je m'efforce de posséder dans la sueur du dictionnaire me lâche. Ça vient de trop loin. Ça vient d'elle. Un blanc. De la mousse, de la neige, de la glu, de la glaire. Du vide, un immense et effroyable trou, un puits sans fond mais transparent, jaune pâle comme la surface d'un œuf qu'on casse. Et qui stagne, et qui tremble. Haut le cœur. Au poignet, sous les aisselles, mon pouls cogne trop fort. Zsuzsa n'en finit pas de gonfler la poitrine, excitée par son chant du coq matinal. Elle ricane de plaisir, et je ne partage rien ! Les sons s'amoncellent dans la débâcle indécente de ses rires à ma gêne, ses notes saturent dans l'aigu, je sens que je vais m'évanouir ! Des suites de lettres insaisissables virent au jaune, au rouge, des tréma, des accents circonflexes clignotent comme sur l'autoroute la nuit, et aveuglent mon regard fixé sur ma mère. Je transpire, je grelotte, je pars en déconfiture. Je me précipite sur un reste de tartine grillée, un morceau de sucre, un café froid qu'elle a délaissés là sur la table basse.

Zsuzsa raccroche, elle s'avance et rit dans ma nuque, piaille à mon oreille : « *Kedvesem, minek köszönhetö ez a kora reggeli látogatásod ? Nem dolgoznál, angyalom ?* » et son souffle tellement proche me gifle, je me relève. Ses mots sont enfin éclairés. Accessibles. Ma chérie, qu'est-ce qui me vaut ta venue si tôt ce matin, tu ne travailles donc pas, mon ange ? En grimaçant, elle se reprend : « Ah, excuse-moi ! Je te parle en hongrois ! Je ne sais plus où j'ai la tête. Oui, alors ma Klara, tu disais ? »

Elle sent diablement bon en embrassant mes joues. C'est un parfum de mimosa que je ne lui connaissais pas.

Ses yeux sont immenses, tournés par-delà mon visage, ses lèvres entrouvertes suspendues sur le pont-levis d'un rêve subitement très grand pour elle. Je la découvre bouleversée. J'ai une envie violente de la prendre dans mes bras. Trop tard ! Zsuzsa s'est déjà envolée, elle range en pile sur la table une masse de journaux informes, elle vide les cendres de son unique cendrier, une coupelle turquoise qu'elle tient de sa mère, et dont elle caresse le grain, immobile à nouveau, face à la grande fenêtre. Silencieuse enfin.

Ne pas la fixer, l'effleurer juste. Ne pas l'épouvanter de mes yeux abasourdis, ne pas la trahir. Dans ce hongrois si longtemps bâillonné, retenu en otage, et qui se dévêtit soudain devant moi, Zsuzsa a-t-elle aussi retenu une maille insoupçonnée de ses amours ? Car l'évidence est là : à soixante ans dans deux semaines, Zsuzsa est amoureuse. Follement. Elle me le dit avec sa chair, lumineuse, pointée de taches de rousseur orangées, son parfum d'éveil. Je matérialise l'ampleur de son décolleté : un large arrondi dans son léger pull en mohair noir, qui laisse saillir les deux petits dômes de ses épaules, la ligne des clavicules, l'entre-seins un peu maigre. Je vois bien qu'elle a lié à son cou un très mince ruban de velours noir, avec le nœud sur le devant, juste sous la pointe du menton, un détail dont elle se pare les jours de fête, comment ne l'ai-je pas remarqué plus tôt ? Zsuzsa est subtilement empaquetée comme le plus précieux des cadeaux. Pour qui ? Et pourquoi cette langue à rebours de sa nuit ?

– Ma fille, pour parler franchement, je suis très en retard. On ne pourrait pas remettre ça à une autre fois ? Tu… Tu passes quand tu veux mon ange, mais là… là il faut vraiment que je me dépêche.

– Ça m'arrange, maman, ça m'arrange. Je t'appelle demain, on… hum, on verra, enfin quoi, on s'appelle, tu me tiens au courant, fais attention à toi je t'aime.

On se dit des mots anodins, des mots qui nous appartiennent, des mots qui ne mangent pas de pain. Zsuzsa ferme les yeux, ferme sa porte en me poussant dehors. Et si je me blottis contre, vais-je à nouveau entendre ? Je dévale l'escalier en courant.

Nous sommes restées ainsi, silencieuses, incapables de porter la voix plus haut, plus clair, plus loin, presque une semaine. Et puis un matin, ça ne peut plus durer : juste après huit heures, j'ai déjà déposé mes deux bébés à la crèche, une demi-heure plus tôt que d'habitude, et je suis amarrée au canapé de Zsuzsa.

– Maman, je passais, je te dérange ?

Aujourd'hui elle est disponible comme l'est une femme libre, heureuse, légère.

– Non, pas du tout. Assieds-toi, va.

Je te regarde croiser les jambes, tu les as sveltes et élégantes, parcourues de quelques veines fines et bleutées, ta robe de soie claire est confortable, et le ruban noir lié à ton cou. J'observe en douce la peau de ton visage, qui s'est creusée sous les pommettes, de légères ridules scintillent autour de ta bouche, tu relèves tes lunettes sur des cheveux en boucles coupés à hauteur de tes joues, le long de ton bras la chair s'est amollie, un peu.

Tu fais celle qui prend une profonde inspiration, comme avant un grand plongeon, mais tu détestes le drame et les mines graves, alors tu relâches aussitôt la pression et tu t'enfonces voluptueusement dans les coussins : « Na ! Par où dois-je commencer, ma Klara ? »

La vraie poésie de la langue, tu la tiens mère, je le sais depuis longtemps.

Ainsi, elle l'a connu à l'âge de quinze ans. Ainsi, il fut son professeur de piano, et cela ne dura pas même un an. Le piano, elle trouvait ça « joli, pas magique, pas bouleversant ». Le professeur, elle le jugeait austère, froid, et extraordinairement intelligent. Pendant la guerre, il s'était réfugié jusqu'en Angleterre avec ses parents. Il revint en 1948, sûr que dans ce petit pays il y avait tant de choses à rebâtir, de cela elle l'entendait parler avec Endre quand son frère entraînait le jeune professeur dans la cuisine, pour ensemble refaire le monde. Sa voix était grave et régulière, il souriait peu, ses mains étaient charpentées et longues, ses ongles très blancs, toujours impeccablement coupés, de ce détail elle se souvient parfaitement.

Balázs venait chez eux une fois par semaine, le lundi. Le piano avait été placé dans l'entrée, aussi leur fallait-il faire abstraction des allées et venues de sa mère, de son frère, et des six autres occupants de l'appartement déjà divisé en 1949. Les portes claquaient fréquemment. Zsuzsa frottait ses pieds dans ses ballerines quand elle commençait à s'ennuyer, elle se déchaussait en bâillant – « c'était tellement long, tellement fastidieux, ces partita de Bach ! » –, lui gardait un air pénétré. Balázs avait vingt ans. Rapidement, elle comprit combien il la regardait, la détaillait. Par jeu et par arrogance, elle se mit à préparer ses toilettes avant sa venue hebdomadaire, optant pour des jupes très serrées à la taille, des chemisiers simples mais sombres, et légèrement transparents, des tissus récupérés que sa mère cousait avec un bonheur conscient de revenir après-guerre à la vie, à la légèreté, à l'insouciante séduction des êtres. Zsuzsa avait de tout petits seins, qu'elle désespérait de faire bomber, mais sa coquetterie ultime consistait à nouer un ruban de velours noir autour de son cou, en « collier de chien », le nœud lié sur l'avant. Elle épinglait ses cheveux en un chignon roulé, elle n'ignorait pas que sa nuque lui apparaissait savoureuse.

Elle se souvient qu'il y déposa ses lèvres, un fragment de secondes, le jour de ses seize ans, et que personne ne fit à cet instant le moindre commentaire. Elle se contenta de lui serrer la main, en inclinant le dos, très légèrement, quand la leçon prit fin. Elle se souvient qu'elle trouva cela amusant, mieux, excitant. Alors elle voulut pousser au-delà, ils se regardèrent dans les yeux, intensément, et aujourd'hui encore elle interroge cette cruauté qui lui fit annoncer que les cours n'iraient pas plus loin. Qu'elle voyait qu'elle n'était pas douée, qu'elle n'aimait pas vraiment cela. Elle se souvient que le grand corps d'athlète de son jeune professeur fut tout entier secoué d'un spasme qui lui fit horriblement peur, que son large front se tapissa de sueur, que ses mains, ses longs bras, ses épaules lourdes se mirent à trembler sans que Balázs ne parvienne à les contrôler. Il prononça d'un ton glacial : « *Isten veled, szivembe zárlak* », que Dieu prenne soin de toi. Moi je t'enferme dans mon cœur. Elle pourrait dessiner son dos, sa main qui enfonça la poignée, la porte de l'appartement quand elle claqua. Elle n'eut pas de chagrin, pas de regret, pas de pitié, elle arrêta le piano et tomba bientôt amoureuse de son professeur de patins à glaces. Mais sur un ton qui ne supporte pas le doute, Zsuzsa jure devant moi que jamais elle n'oublia tout à fait le tintement de cette promesse, « *Isten veled, szivembe zárlak* ».

Quelque temps après son arrivée à Paris aux côtés de Péter, Zsuzsa apprit par une lettre de sa mère que son ancien professeur de piano était reparti pour Londres. Qu'il s'y était marié, qu'il élevait trois beaux garçons. Qu'il y était heureux, en musique, et en ménage.

Voilà deux mois, par la main polie et hasardeuse d'une ouvreuse de la salle Pleyel à Paris, Balázs est placé aux côtés de Zsuzsa, lors d'un récital de piano. L'homme est divorcé, Zsuzsa est assise seule (c'est Endre qui ce soir-là a un empêchement de dernière minute !). La femme porte toujours un ruban de velours noir noué à son cou. Et c'est avec une ferveur intacte qu'au même endroit il l'a embrassée. Elle a senti ses chairs s'enflammer. Elle a répondu positivement à son baiser, puis à un autre, et encore, à toute une pluie de baisers…

« C'est inouï, c'est formidable, s'exclame Zsuzsa en plongeant frontalement ses yeux brillants dans les miens. C'est bien plus que je n'aurais osé imaginer, une telle surprise, un tel chamboulement ! Amoureux, à nos âges ! Bon, évidemment, il y a ce problème de langue entre nous. » Elle recule de deux pas, je sens fuir sa main qui avait pris la mienne. « Quoi ? Qu'est-ce qui ne va pas ? Oh Klara, ne me foudroie pas comme ça du regard ! Ne fais pas ces yeux ronds, ne me juge pas ! Et arrête s'il te plaît de peser chacun de mes mots dès que je parle de ce qui de près ou de loin peut avoir un rapport avec là-bas ! Tu as bien entendu, un problème de langue ! Oui, ma fille, car figure-toi qu'une langue, ça vit ! Ça s'agite, ça s'encanaille, ça prend des coups, ça fait des découvertes, ça évolue… Ou bien ça dépérit ! Et je sais, moi, combien il faut habiter une langue pour lui permettre de mûrir, de bien vieillir ! L'habiter par nos gestes, par nos corps, l'habiter par chacun de nos pas, chacune de nos colères, de nos envies… Seulement voilà où nous en sommes. Depuis bientôt quarante ans, mon corps, mes gestes parlent en français. Pour Balázs, pendant ces mêmes quarante ans, tout ou presque a respiré en anglais, tu comprends ? Et nous nous retrouvons, là, maintenant, avec ce pauvre vocabulaire qui nous était commun, ce hongrois de notre jeunesse… Il manque du poids à nos mots, Klara, il manque du liant ! Il manque ce pli de la chair, ce tombant peut-être que donne l'expérience, il manque parfois du raffinement, une certaine tendresse même… Je me vois mal soupirer dans ses bras avec les mots de mes seize ans, tu peux imaginer cela ? Non, crois-moi, en hongrois, on est assez nuls ! Enfin… – elle hausse les épaules, incline la tête, sourit à de subites visions secrètes –, on est passables, dirons-nous ! »

Zsuzsa bat des cils. Ses narines frémissent, le ton de ses joues une nouvelle fois rosit. Zsuzsa et Balázs, deux amants sexagénaires aux prénoms pareillement invraisemblables ont « un problème de langue » entre eux… Il va falloir que je m'y habitue. Ma mère tourbillonne à nouveau dans son salon, menue, fébrile comme une adolescente électrisée par un premier rendez-vous.

Mes yeux s'arrêtent sur des talons aiguilles. Zsuzsa compose ses arabesques fiévreuses les pieds relevés dans de fins escarpins de daim prune, qui lui dessinent le mollet galbé, la cuisse ferme. Je n'ai pas eu l'occasion de voir ma mère porter des talons hauts depuis… ma première communion ! Sa phrase relève mon regard.

« Il vient à Paris ce week-end, Klara. Si tu veux, samedi soir, nous dînons tous ensemble. Et toi, tu nous fais des *galuska* ! Balázs va adorer ça ! »

Pour la seconde fois dans la même semaine, je dévale l'escalier de ma mère. L'estomac au bord des lèvres. Je la quitte avec une peur rouge clouée au ventre. Avec le sentiment brûlant qu'elle me demande l'impossible. Faire avec elle le voyage vers le parfum, vers le moelleux, vers la saveur de son enfance. De leur enfance. Faire resurgir les *galuska*. Dans le rôle de la cuisinière, de la nourrice, de la main nourricière, pas elle. Moi.

Panique dans mon cœur, panique dans mon corps, ma panique en cuisine. J'y opère seule. J'ai invoqué le rhume de mon jeune fils pour supplier son père de rester à la maison, préférant affronter la chose sans eux. Un sauté de veau, surgelé et acheté à la hâte par Zsuzsa, qui a changé six fois de tenue, mijote sur le feu, imprègne l'appartement d'une odeur de poudre. Ma mère y a déversé presque tout son pot de paprika. Leurs voix me parviennent passées au tamis de la buée qui recouvre les vitres, le plafond, les murs. Depuis combien de temps je fais bouillir l'eau ? Une nouvelle fois, je répertorie mes biens, mon nécessaire de travail, mes instruments de torture.

Casserole, carafe d'eau, râpe, spatule, écumoire, fouet.

Mes yeux écarlates relisent la recette que je connais par cœur depuis mon adolescence. Ils dérapent sur chaque lettre, chaque chiffre, comme s'ils reniflaient le danger.

Galuska en garniture, pour quatre à six personnes : deux œufs, 400 grammes de farine, 200 ml d'eau.

Le plat le plus simple du monde ce soir me met au défi.

Dans l'ordre, il faut battre les œufs au fouet avec une pincée de sel, incorporer lentement l'eau. Ajouter doucement la farine, jusqu'à l'obtention d'une pâte lisse et épaisse. Bien travailler le tout à l'aide d'une cuillère à pot.

Préparer alors une grande casserole d'eau bouillante salée. Placer la râpe à larges trous au-dessus de l'eau, répartir la pâte sur toute la surface de la râpe, puis la laisser tomber par petits bouts dans l'eau frémissante. Quand en deux, en trois minutes, les *galuska* sont cuites, quand elles remontent à la surface, les ôter à l'aide de l'écumoire, les égoutter et les poser dans un plat avec un morceau de beurre, salé de préférence…

Balázs ouvre une bouche dégondée. Sa lourde chevelure grise s'efface en arrière, la présence de ce grand corps tient tout entière entre le poignet et cette large bouche béante, un gouffre. Il y introduit une cuillère pleine, entreprend deux tours de mâchoires et abaisse le menton sur son sternum. Zsuzsa agit dans son reflet. J'ai perdu mon oxygène.

C'est là, là que doit opérer la magie.

Porter en bouche. Sentir la salive qui inonde le palais, les joues qui se creusent tandis que les dents se rejoignent à peine, mordre délicatement et deviner ce petit pli jailli au-dessus du nez, entre les paupières au moment où celles-ci se ferment en un soupir de délice. Découvrir alors l'alchimie des *galuska* : quand chaque petite larme issue de cette pâte blanche, farinée, amidonnée comme un linge propre, granuleuse, presque rêche, pure, originelle, se transforme sous le palais en une pépite, un dé d'or hétéroclite et moelleux, riche, onctueux, ni tout à fait collé à la gencive ni tout à fait délié, une boule de feu tendre sur la langue, sous la langue, qui initie un roulement des lèvres, des joues, et enflamme progressivement le visage, la gorge, descend jusqu'aux épaules…

Découvrir l'alchimie des *galuska*, et parvenir au septième ciel.

« *Finom !* »

Pardon ?
Comment ?
Mit mondott ?

Il l'a dit le premier, elle l'a repris en écho, « *finom* », c'est bon, c'est délicieux, leurs visages se colorent, leurs bouches forment des vagues, récurrentes, bienveillantes, amusées, amusantes, *finom* c'est rudement bon même, Zsuzsa et Balázs gloussent d'aise, ils déglutissent *finom*, un seul mot, deux petites syllabes, un mot ridicule et mon cœur qui s'aère. *Finom !*

Oui, c'est bon, et c'est moi qui régale, quelque chose s'est bel et bien transmis, quelque chose d'elle à moi, entre nous depuis là-bas, depuis sa nuit, depuis sa première vie, depuis son premier cri. *Finom.*

Finom finom.

Bazar magyar

Magyar bazár

Comme des bibliothèques aux multiples rayons que l'on classe, déplace, aménage, lentement nos identités se recomposent. Au rebord des ouvrages que l'on décide – ou pas – d'ouvrir, que l'on rapproche, parce qu'ils datent de la même époque, qu'ils démarrent par la même première lettre, que l'on feuillette et retient soudain parce qu'ils se penchent sur une question qui nous est devenue essentielle. Nous progressons, nous grandissons, au gré de ces rayonnages que l'on accepte d'ajouter ou d'enlever à soi, au rythme de ces lignes que l'on apprend à lire, puis à relire, comme en miroirs, ou en correspondances, par la surprise, totale quelquefois, du volume que l'on tient enfin solidement dans la main. J'avais prudemment mis de côté cette page, cornée pourtant en un recoin de ma mémoire, pour que je ne l'oublie pas, que j'en retrouve un jour l'accès.

J'ai dix-huit ans. En revenant de la faculté de la Sorbonne où j'étudie, je grimpe doucement la rue Notre-Dame-des-Champs, à Paris, traînant mon sac de livres sur une épaule. C'est l'été déjà, deux auréoles grandissent sous mes bras, une troisième s'allonge entre mes seins, la chaleur de l'après-midi est lourde. Le maquillage a dégouliné de mes yeux sur la rigole des joues, je passe la main dans ma nuque suintante.

– Tu mouilles, chérie ?

Accoudés à la balustrade d'un échafaudage d'immeuble, bières en mains, en bouches, deux hommes bedonnants me fixent et claquent la langue. Depuis ma bulle d'hébétude je lève mécaniquement mon majeur droit pointé au ciel, en guise de réponse.

– Salope ! dit l'un.

– Sale juive ! dit l'autre.

C'est la première fois que j'entends cela. Doubles majeurs droit et gauche tendus de nouveau au ciel, méchamment.

Je poursuis ma route. Les deux mots résonnent dans ma tête, se cognent comme deux mouches égarées qui rebondissent sur une vitre close. Péter et Zsuzsa se sont mariés à l'église, une petite église dans le Ve arrondissement de Paris, les photos trônent dans l'album de famille légèrement décomposé. Moi, j'ai été baptisée à l'église Saint-Sulpice, je suis allée au catéchisme jusque ma classe de quatrième, j'ai fait ma première communion en la chapelle Sainte-Rosalie, garantie par ma confirmation. J'écarte le mot « sale », je garde l'autre, « juive », en observation. Je pense à mes cheveux, déroulés aux épaules, noirs, souples, à mes yeux, sombres, à ma peau, mate. Je caresse l'arête de mon nez, long, de mon menton, saillant.

J'ai les jambes élancées, la fesse rebondie, les hanches étroites et le sourire large, carré : à la faculté, on me prend souvent pour une Brésilienne, une Uruguayenne, une fille née en Amérique latine. Quand le khôl coule de mes yeux l'été, que je sors de l'eau avec des boucles, on me prend souvent pour une fille arabe. On ne me demande jamais si je suis une Hongroise. On pourrait parfaitement me voir comme une juive, oui.

Je n'y pense plus. Les jours, les semaines, les mois, les années passent, j'ai fermé le volume, déposé cette histoire sur un rayon provisoirement décentré de ma bibliothèque intérieure.

Dix-huit années plus tard, mon oncle Endre est devenu, à plus de soixante-cinq ans, professeur émérite de cette même université prestigieuse où il a si longtemps appris puis enseigné la littérature française. D'une intelligence souple, sensible, doté d'une mémoire d'éléphant et d'un rire contagieux qu'on pourrait rapporter au même mammifère tant il emplit l'espace, l'homme est tourné vers les autres : disponible, jusqu'à l'inquiétude parfois, dès lors qu'il s'agit d'écouter les heures, bonnes ou délicates, les dissertations philosophiques ou les divagations érotiques de ses proches, de ses élèves, de ses amis. « Bon, bien, je vois, oui, je comprends », assure-t-il de la tête, jamais choqué, jamais heurté, accueillant la parole d'autrui avec une liberté rare. Lui qui a suivi de quelques semaines Zsuzsa dans son exil, s'est marié deux fois à Paris et a élevé un bataillon de filles rieuses et voyageuses, s'est pourtant toujours bien gardé de se livrer. À l'automne de sa vie, et à la surprise générale, il publie le récit de son enfance, en Hongrie. Meurtrie. Le personnage de sa mère, ma grand-mère Ilona, en compose la première figure. Je lis, je dévore, attentive, passionnée, glacée. Rapidement, je n'arrive plus à avaler les mots. Il me faut ralentir, fermer les pages, fermer les yeux. Tant de lignes se superposent. Tant de visages. Ses visages. Son visage, qui devient net, se fixe pour moi, enfin.

Ilona.
Elle ne m'a jamais cuisiné un plat hongrois.
Elle ne m'a jamais adressé la parole en hongrois.
Elle ne m'a même jamais dit qu'elle était née là-bas.

Elle était pour moi une grand-mère discrète, d'une discrétion devenue religion, légère et pâle comme une feuille de riz. Je ne l'ai connue que petite, menue, froissée, plissée, âgée en somme, la peau parcheminée de centaines de rides minuscules, verticales, horizontales, en biais, en étoiles au bord des yeux. Puis je l'ai entrevue le teint creusé par les secousses de sa mystérieuse maladie. Si je ferme les yeux, si je cherche dans ce noir convoqué mon souvenir le plus précis de son visage, je ne vois qu'elle *en sourire*, un sourire qui enveloppe ses lèvres fines, une échappée de soupir, le sourire tendre et clos d'Ilona ne se risquant pas un seul instant à laisser fuir la plainte folle, inconsciente, murmurante, qui à coup sûr entreprit de lui plier le cœur. Cette grand-mère, ma grand-mère, existait en douceur toute; sa robe de laine ou de jersey impeccablement mise, garnie d'une broche dorée, ou d'une améthyste piquée à hauteur du sein gauche, os vulnérables et yeux cernés, deux amandes vertes posées sur sa petite-fille comme deux étoiles lointaines qui ne menacent ni ne protègent plus de rien.

« Klara, on part faire un tour de manège? » Ilona vivait dans un petit appartement, près des Champs-Élysées, elle appréciait les chapeaux ronds et les cols Claudine, s'équipait toujours d'un parapluie quand nous descendions à pied vers la place de la Concorde, jusqu'au manège de chevaux de bois installé derrière l'allée Marcel Proust. Au Nouvel An, elle achetait systématiquement des chapeaux de carton et des sarbacanes en papier brillant, prolongées de ces langues entortillées auxquelles nos souffles offraient une voix stridente et monocorde. Peu après son arrivée en France, en 1966 – j'avais alors quatre ans –, Ilona qui dans sa jeunesse avait appris le français, trouva un travail à la Bibliothèque nationale. Comme j'étais trop jeune pour y avoir accès, je l'imaginais avec ses lunettes, penchée sur des ouvrages précieux dont elle vérifiait les notes, s'attardant sur des reliures vieillies qu'elle époussetait, ou tout simplement lisant, je ne savais pas exactement. Parce qu'elle me semblait une grande solitaire, Ilona me faisait aussi un peu peur. Quand elle est morte au seuil d'un mois de mai, terrassée par « une angine de poitrine », expression dont il est périlleux à douze ans de cerner la gravité, Zsuzsa a planté un cyprès sur la tombe de sa mère, dégageant la terre noire pour y enfouir les petites racines. J'ai remercié cet arbre qui acceptait de veiller sur Ilona désormais. De la protéger bientôt du soleil. De combler sa solitude, elle dont je ne savais même pas si elle avait été amoureuse un seul jour.

Mais je vous la présente fragile. Je vous la peins fuyante, transparente, mourante ! J'ai tort ! Dans la paume de sa main délicate et chétive, Ilona a pourtant retenu sans faillir son secret de famille. Et je lis maintenant dans le récit de mon oncle qu'à la veille de sa mort, elle a imposé le silence à ma mère envahie de chagrin. « Tu ne diras rien, promets, jure ! »

Alors je n'ai rien su de ses souffrances de jeune veuve juive, désignée au pire au tournant de l'année 1944, après que la fragile protection d'un nom d'épouse jadis « magyarisé » se fut écroulée, falsifiant les documents de naissance, fleurissant à la hâte les couronnes pour les communions catholiques improvisées de Zsuzsa et de son frère Endre, cachant dès février de cette même année tragique dans des abris de fortune, puis des couvents un peu mieux protégés, ses deux enfants menacés par un gouvernement hongrois antisémite, ourlant ses yeux de mascara noir quand un officier nazi l'invita à danser – la vie de ses gosses était aussi à ce prix. Je n'ai jamais osé imaginer ma grand-mère livrée à un usurier qui mangea en quelques semaines toute sa maigre fortune, ni cognant de sa pelle lourde et blessante la terre raide des environs de Budapest, pour creuser aux côtés d'autres femmes juives et sous l'ordre des Croix fléchées alliées d'Hitler d'improbables tranchées, destinées à retarder l'arrivée des troupes soviétiques sur la capitale hongroise. Je ferme mes yeux crispés de larmes, et me précipite en quelques stations de bus sur la dalle rosée qui abrite le souvenir d'Ilona, parmi les autres morts tous bien catholiques du cimetière de Bagneux, en France. Je regarde le cyprès qui s'élance en faisant trembler le marbre, pointant à quelque vingt mètres de haut désormais. Ilona garde le silence. Mais par-delà le bruissement du vent léger dans les feuillages, j'entends Zsuzsa la pieuse, ma petite mère, communiante à douze ans, descendre en courant, face plein sourire, la pente du mont Gellért, à Budapest : « *Je me suis confessée, je suis sans péché !* »

Quels péchés, pauvre jeune fille ?

À vingt-deux ans, Zsuzsa, fiancée à Péter le catholique épidermiquement hostile au communisme, a abandonné avec une violence sourde dans la maille des barbelés de la frontière austro-hongroise le souvenir des robes de soie et de coton qui la faisaient danser enfant, la splendeur d'une villa blanche, lovée dans un parc où Ilona organisait pour tout le voisinage des Noëls flamboyants. Zsuzsa, qui avait été élevée, tout comme Endre, au régime des Pater noster par une mère inquiète et esseulée, a brisé sous ses pieds l'étoile jaune clouée au fronton de sa maison familiale, vomi les odeurs d'après-guerre, celles de la promiscuité contrainte, dans un appartement partagé sur ordre du régime entre quatre familles. Elle a tordu les injures crachées sur la nuque de l'adolescente née dans la grande bourgeoisie, les a réduites en poussière grise, par sa seule force de vie. En franchissant la frontière, elle a broyé contre sa poitrine la douleur verrouillée de sa propre mère, les deux femmes ayant scellé sans un mot leur pacte filial.

« Tu ne diras rien, promets, jure ! » Avant de mourir, Ilona avait demandé confirmation à Zsuzsa, une toute dernière fois.

Oncle Endre remplit enfin les rayons demeurés nus, blancs, de son intime bibliothèque, il fait glisser au-devant les mots oubliés derrière, il réajuste l'ouvrage de son histoire. Notre histoire. Mon histoire. Car à sa mère chancelante mais vindicative, lui n'avait rien promis.

Lentement, nos identités se recomposent. Quelques années passent encore. Janvier 2005, le monde occidental commémore le soixantième anniversaire de la libération des camps. Un beau soir, Zsuzsa parle enfin.

Ma mère dit qu'elle a passé des jours épouvantables. Qu'elle s'est saoulée de télévision, d'émissions et de documentaires tardifs, abreuvée encore de la lecture des journaux, des témoignages. Et qu'elle a beau lire et entendre, elle « ne sait pas se sentir juive ». D'ailleurs, elle le dit au masculin. « Me sentir juif. » Est-ce parce qu'elle n'en a jamais goûté la culture, les rites, les fêtes, l'amour, le rire, parce qu'elle n'en a reçu, il y a si longtemps, que la pire menace ? Zsuzsa poursuit qu'elle n'a pas pu pleurer devant de telles images. Mais que son corps, son dos, ses épaules sont devenus pesants, terriblement douloureux. Elle dit que bien sûr, elle se souvient d'avoir porté, enfant, l'étoile jaune sur son manteau. D'avoir regardé, à travers les persiennes de son appartement, des camarades qui jouaient dans la cour de l'école, située juste en face de son immeuble. Elle n'avait plus le droit d'aller en classe. Zsuzsa dit qu'un matin de l'automne 1944, elle a entendu « le bruit des bottes noires des soldats nazis dans l'escalier ». Ilona, Endre et elle, ont obtenu une vingtaine de minutes pour quitter leur appartement. Zsuzsa a oublié sa boîte de crayons de couleurs, alors la petite fille de dix ans qu'elle était est revenue la chercher, sans peur face à ces grands soldats SS.

Zsuzsa dit que tous trois ce jour-là ont trouvé refuge dans une maison au bord du Danube, en face des grandes Halles où aujourd'hui à Budapest j'aime tellement aller au marché. Mais Ilona jugea l'endroit trop dangereux, alors elle manœuvra pour placer très rapidement ses enfants dans deux orphelinats, l'un pour filles, l'autre pour garçons. Très vite, se souvient Zsuzsa, ils ont appris que ceux qui étaient restés dans la maison au bord du Danube avaient été tués, jetés dans le fleuve.

Elle dit encore qu'il « y a des choses qu'on ne veut pas voir, et qui un jour reviennent en pleine figure ».

Elle me dit ça un soir d'hiver à Paris, tandis que mes deux enfants dorment, tranquillement. Nous sommes assises sur le canapé, l'une contre l'autre, sans larme, sans un mot plus haut que l'autre.

Zsusza près de moi parle et elle n'a plus d'âge. C'est ma mère de soixante-dix ans, c'est une amie de toujours qui se confie, c'est l'enfant qu'elle raconte maintenant, et que je regarde déambuler, ses crayons de couleurs sous le bras.

Je sais désormais que je viens d'une lignée de femmes juives hongroises. Courageuses et endolories, qui me lèguent leurs doutes et me laissent devant mon propre choix, dans mon bazar magyar à moi, fait de tout cela, de tant de cela.

Le vin blanc

Fehér bor

En Hongrie, les hommes boivent, beaucoup. Ils boivent même comme des pochtrons, des sagouins, des trous, des roches perméables ; les hommes absorbent des quantités invraisemblables de vin, persuadés qu'ils ne cilleront jamais. Ils picolent avec l'élégance de mâles auréolés d'une légende guerrière et qui continuent d'embrasser le monde d'une lèvre de velours. Ce doit être l'échelle réduite du pays, combinée à la petite cohorte des humains qui le peuplent, dix millions d'habitants tout juste, ces Hongrois boivent sans cris de terreur, sans compétition garce, ils trinquent sans se méprendre dans de crispantes bagarres, jamais bien loin d'un violon, d'un accordéon. En bandes, ils gardent l'alcool joyeux, d'abord tapissé de bulles puisque les premières tournées sont noyées dans l'eau gazeuse nationale, la fameuse *szódaviz*, plus tard aiguisé de feu lorsque par-delà le vin circulent les eaux-de-vie blanches et brûlantes : sitôt ingurgité l'équivalent d'un noyau de prune, elles claquent au palais, plaquant sur sa voûte une langue toute prête à remonter jusqu'aux yeux pour les lamper d'un trait, à cet instant précis où l'esprit dans un spasme s'égare.

En Hongrie les hommes boivent, en groupes, à cent, à dix, à deux ; ainsi j'imagine que grandirent Péter et Tibor. Si près des vignes du lac Balaton, sur ces collines rafraîchies et rondes, à la pente suffisamment souple pour vous soutenir quand vous êtes fin ivre, imbibé de chardonnay doré, que vous dévalez le corps raide et la nuque en retrait, les bras ballants, dans des chemins piqués de pommiers odorants, de pruniers, de cerisiers. Ainsi j'imagine que grandirent Péter et Tibor, prunelles bleues contre prunelles noires, frères de sang, arrosant d'un vin blanc et fruité leur carpe panée tout autant que leurs sandales, avant que le premier ne renonce aux vignes de son enfance pour toujours, que le second ne s'éloigne à quelques kilomètres des collines, dans une petite ville industrielle où des HLM en béton dans les années 1960 croissaient tels des champignons.

Deux frères qui ne poussent plus sur la même terre, qui ne vieillissent pas dans la même langue deviennent-ils peu à peu de si mauvais miroirs qu'ils ne parviennent simplement plus à se voir ?

Un jour, Tibor nous a quittés. J'avais quinze ans quand sa voiture est partie se jeter dans le lac Balaton, une mauvaise automobile, une petite Trabant, qu'il avait probablement lestée de quelques bouteilles de whisky.

À chacune des brèves rencontres qui me permirent de l'observer, je le vis s'enfuir un peu plus loin dans l'haleine désolée de ses démons sombres et rances. Je crois qu'il buvait seul, que cela l'a perdu, je crois qu'il n'a plus pu, plus su partager le vin et cette immense douceur qui flottait sur ses lèvres jadis.

« Quand ils étaient jeunes, ton père était terriblement sérieux, ton oncle dansait tout le temps, des deux, Tibor était certainement le plus drôle, le plus joueur », me confia le plus vieil ami de Péter, les yeux ruisselants d'alcool tiède et blanc alors même que nous fêtions ses soixante-dix ans, en Hongrie. Moi je ne sais pas, quand ils étaient jeunes. On m'a dit que Péter à dix-huit ans jouait avec passion de la clarinette, je ne connais pas le vent qui souffle et virevolte sous la pression de ses doigts, la tension de ses lèvres, le swing dans son thorax. Je ne l'ai jamais entendu. On m'a dit que Péter avait les filles à ses pieds, je ne sais pas. On m'a dit que, jeune homme, il se claquemurait dans sa chambre assombrie, jouant à l'acteur, se repassant encore et encore de vieux disques du comédien Zoltán Latinovits, dont la voix grave lui labourait le cœur. Je ne sais pas, si longtemps je n'ai pas su d'où battait ce cœur. Jusqu'à cet air, jusqu'à ce repas.

La fête bat son plein. Nous voilà donc réunis au village de Lovasberény pour l'anniversaire de Pista, large bonhomme aux épaules enveloppantes comme les branches noueuses des platanes, vétérinaire formé dans une Allemagne fédérale qu'il avait choisie au soir du 21 novembre 1956, lorsque Péter, Zsusza et lui se dirent au revoir, à bientôt, ailleurs, à nouveau ensemble.

Nous sommes attablés dans une auberge de campagne. Les vignes ondulent à quelques enjambées, les carpes babillent au lac qui glisse en contrebas, nous sommes en mai et les pollens blanchissent l'air, les femmes dévoilent leurs épaules nues, les hommes ont jeté par-dessus tête la veste et la cravate. Depuis Paris, en un jet d'avion j'ai retrouvé dans cette insouciante campagne au sud-ouest de Budapest un Péter terrifié à l'idée de fêter bientôt ses propres soixante-dix ans, mais bien déterminé à profiter des agapes que lui octroie aujourd'hui son faux cousin de toujours. En quelques heures, le menu a retourné comme autant de crêpes les convives : pattes, ailes, cous et gésiers de volailles dans un bouillon ambré garni de boulettes de foie épicées, petit veau aux *galuska*, sandre pané et pommes dauphine torsadées, salade de chou au vinaigre sucré, gibier aux airelles et marrons, rôti de bœuf au lard et patates persillées, salade de condiments, parfait aux fruits glacés et tarte au caramel et chocolat fouetté…

Les joues sont rouges, les estomacs rebondis. Sous les vêtements légers la sueur coule, le mascara au flanc des pommettes creuse des essaims de rides. Un homme au crâne sec et brillant, ses tout petits yeux étincelants derrière d'épaisses lunettes, vient me bredouiller à l'oreille que c'est à mon grand-père, oui, au docteur István lui-même qu'il doit d'être resté en vie : ne s'est-il pas sectionné les trois doigts de la main gauche dans la chaîne d'une bicyclette il y a presque un siècle de cela, pour frôler l'infection, la septicémie galopante, avant que ce bon docteur István, médecin des campagnes, n'accoure pour le sauver ? Nous nous embrassons, je souris, *igen, igen, gyönyörü*, formidable, *Jézus Mária* que la vie est belle, si seulement j'avais connu ce grand-père, si seulement… Mais je perçois un frisson, un écart, un pas de côté dans l'atmosphère. Quelques toussotements dans la salle, et ma voisine de gauche m'agrippe par le cou en s'épongeant le front. Elle pouffe, elle peste d'agacement : « C'est Gyuri *bácsi*, oncle Gyuri, il veut prendre la parole, *érted*, et lui aussi faire un discours, mais comment ose-t-il ! Il faisait partie des communistes à l'époque tu comprends, et aujourd'hui il est vieux, et malade avec ça, et il voudrait se faire plaindre ! Mais avec les autres salauds, Gyuri *bácsi* a récupéré nos terres, à l'époque il s'en est mis plein les poches, ooooh oui, *Jézus Mária* sa pauvre mère, elle n'y a pas survécu, et regarde un peu sa femme, elle baisse la tête, elle a honte son Eva, allez tiens, dis ce que tu as à dire, Gyuri *bácsi*, ici et maintenant, dis, personne ne te craint plus, va ! » Ma voisine jette un soupir qui tient du crachat et du rire.

Gyuri le mouton noir est un petit homme pâle, dont le col de chemise à carreaux est resté naïvement boutonné.

Encadré par deux jeunes molosses aux cheveux en bataille et à la lèvre chargée, Gyuri lève simplement son verre. Sa main tremble, son cou ne vaut pas mieux : il est atteint par l'âge, et un mauvais parkinson. Sa pauvre femme esquisse une moue timide. Sur le long ruban des tables dévale un murmure. Les uns et les autres se regardent, clignent des yeux, les têtes dodelinent et d'un même élan les mains se redressent, on applaudit Gyuri *bácsi* dont les lèvres hoquettent, on l'applaudit à tout rompre, on le broie sous un tonnerre d'applaudissements. Le petit homme est écarlate, il toussote et vide son verre en hâte, chacun reprend du chardonnay blanc, et je trinque encore une fois avec mes acolytes, ravis, rassurés, revigorés.

« On pleure sur le temps perdu », m'assure dans un français impeccable une dame rondelette dont la poitrine tressaille, avant de mordre à pleines dents dans une cuisse de cerf parfumé aux airelles. Va pour le temps perdu, moi je n'en ai rien vu, rien su, mais je me laisse bercer par le ronronnement digestif de cette assemblée paressant sur un assez confortable tapis d'ivresse. Trois musiciens – à la contrebasse, au violon, à l'accordéon –, affublés de larges chemises blanches, de moustaches huilées et de petits gilets brodés, naviguent entre les tables, entraînant les bustes dans de paisibles ritournelles… Je dérive mollement, je m'assoupis.

C'est donc doucement, de loin, d'en dessous, presque dans un songe, que je vais sentir avancer l'onde qui s'apprête à me saisir. Ça démarre comme un numéro d'improvisation : sur le fil, avec un charme de potaches. Une mélodie s'esquisse, gentiment folklorique, presque banale, mièvre, doucereuse, elle s'installe progressivement par-dessus les rires, les éclats de verre, les rots et les tintements des couverts. Le phrasé allonge, étire des vocalises dans une bouche exagérément ouverte, et la voix prend du poids, gonfle, parade sur la croupe d'un cheval d'opérette qui se lance au trot, au galop, au triple galop !

Là, les choses deviennent plus nettes. Et parce qu'une sorte de peur s'immisce dans mes veines, mes omoplates se redressent, jusqu'à devenir deux ailerons osseux qui verrouillent mon dos, mes épaules, mes reins. Mes poignets raidis abandonnent fourchette et couteau sur la nappe. L'histoire qui se raconte est ridicule, pom pom pom ne sois pas triste tzigane, *Hej Cigány* demain sera un jour meilleur pour tes amours, elle s'est échappée ce soir mais redresse-toi, ne pleure pas, pom pom. Des papillotes de violon, des roulades de contrebasse, des dégoulinades d'accordéon annoncent le retour du refrain. Il enfle, gronde, et se réjouit de presser les cœurs. C'est sirupeux ! C'est terriblement sucré, brûlant presque dans la gorge ensoleillée qui prête son grain à cette duperie d'opérette : *Cigány* ne sois pas triste, ne sois pas sombre, *Cigány*, toi j'en fais le pari c'est la lumière qui t'envahit.

Moi je ne peux pas me retourner. Non, je ne peux pas. Je ne peux pas voir, pas même une seconde, je ne peux pas imaginer voir. Entendre, c'est tout ce dont je suis capable. Mais continue. Ne t'arrête pas, je t'en prie. Même si tu ne vois que mon dos, même si mon corps ne te dit pas que je te regarde. Que je ne vois que ça. Que je n'existe que par ça.

Il chante. Il ne murmure pas un couplet de hongrois instable, bougon comme cela lui arrive quelquefois au volant de sa vieille Mercedes, il ne bredouille pas, il ne noie pas ses phrases dans ses lèvres opaques, il chante !

Avec quelle énergie gouailleuse, avec quel aplomb dans ces poumons !

Je crois bien que j'ai parlé à voix haute, mais qu'autour de moi personne n'a compris : « Qui est cet homme, dites-moi seulement qui est cet homme ? » Qui est cet inconnu qui déclame un chant populaire hongrois à la mélodie roucoulante, qui est cet inconnu qui s'impose d'un timbre si persuadé, si enjoué, si libre ?

Hej Cigány, il chante et voilà qu'il n'est plus seul, il s'est laissé accompagner dans son galop d'opérette, je les entends venir à lui, je les devine, bras dessus bras dessous, la brochette des copains de classe qui se balancent, avec leurs yeux espiègles, leurs haleines lourdes, leurs torses gonflés de vin... Il chante, il est sans faux-semblant, il chante, enfin il leur a pardonné, d'être restés, d'avoir su vivre ici et rire encore sous la dictature, d'avoir courbé l'échine et fait grandir pourtant la vigne, il s'est enfin pardonné de les avoir quittés de les avoir maudits de les avoir perdus et tant de fois espérés. Il s'est permis soudain de ne plus détester ces mots, ces adorables mots ronds, de ne plus détester le rythme, la volupté du rythme, de ne plus détester la langue chaude et rocailleuse dans laquelle il avait commencé de vivre.

Il chante, à gorge pleine et ensoleillée. « *Hej Cigány !* »...

Cet inconnu est mon père. Ce gars-là ne le sait pas, il est un peu rosé, couperosé, gentiment ivre, il me donne tout ce que j'attendais. Tout ce que j'espérais, tout ce qui va me permettre de continuer à vivre, quoi qu'il lui arrive. Jamais je n'aurais misé un forint là-dessus, mais parce qu'il chante enfin, cet homme aux cheveux blanchis, aux sourcils en bataille, ce père qui déraisonne me revient à la vie. Il a repris les clés de sa maison au village, le petit chemin du jardin, il a rouvert les volets du vieux salon jauni et secoué un peu la poussière des fauteuils, il a caressé le microsillon terni et posé le disque sur la platine encore valide. Péter chante, et c'est tellement mieux qu'un disque, que tous ces disques que j'ai fait tourner nuit après nuit. Péter chante et une nouvelle fois mes yeux pleurent, je ne lui montrerai pas, il pourrait s'inquiéter, reprendre ses hésitations comme avant, trébucher, et laisser fondre la voix. Chante Péter ! Tes mots sont trop rapides, trop moelleux, trop imbibés d'alcool aussi pour que j'en traduise le contenu même imparfaitement, mais le sens, le seul à retenir c'est que le passé ne nous fait plus peur. La voix des pères, des mères, des frères peut s'élever sans menace, sans détour, sans arrière-pensée, la porte est ouverte. Cet inconnu qui chante ce vieil air d'opérette magyare est mon père, et je me sens à mon tour libre et légère : l'incroyable surprise du chant hongrois vient de me le rendre à sa part étrangère. Il devient enfin cet étranger qu'il n'a devant moi jamais véritablement osé être. Et je me sens proche de lui comme jamais.

Pista a donné le signal. « *Gyerekek, megyünk !* », on y va les enfants, et nous sommes tous partis dans les vignes avec nos chaussures pointues, nos mocassins vernis, et nos habits de fête. Chaque arpent abrite une cahute, une petite cave voûtée où sont alignés les tonneaux de vin blanc, riesling, chardonnay, piquette… Les trois frères Pill, maîtres des collines, remplissent à la bouche par grandes aspirations de beaux flacons transparents qui s'achèvent sur une longue tige de verre tenue à la verticale, cadenassée par le seul doigt du vigneron. Autant dire que ce doigt est leste, agile, qu'il n'entend pas faire barrage au vin, et que chaque arrêt est le meilleur pour remplir les coupes de fortune, c'est bon pour toi, bois, les toasts se succèdent et les jambes déraisonnent, dansent le csárdás, les enfants marchent sur les jupes longues, les femmes ont leurs cheveux au vent, les hommes des envies violentes de caresser la fesse, mais plus tout à fait assez d'équilibre alors ils s'écroulent, se laissent tomber, telles de petites ampoules de fête, les uns derrière les autres sur l'herbe fraîche, verres de vin encore droits, plus pour très longtemps, le chardonnay tangue dans les nuques, les corps sont étendus dans l'herbe, parsemés, rassasiés, apaisés, tandis que la nuit tombe rose sur le lac.

Méli-mélo de crêpes et de noix

Rakott palacsinta

« Mange encore un peu ! *Még egyszer !* Pourquoi non ? Ça n'est pas bon ? Tu n'aimes pas ? *Klara, nem tetszik neked ?* Ça ne lui plaît pas ! Péter, elle n'aime pas ça ! *Jézus Mária...* elle n'aime pas ça. Qu'est-ce que je pourrais lui proposer ? De la carpe farcie ? Du foie d'oie aux champignons ? Un poulet au paprika, du roulé au pavot, des boulettes de prune, de la purée de châtaignes ? Si, tu aimes ? Alors tiens, prends ma belle, prends ma chérie, mon cœur d'or, sers-toi un peu plus, un peu mieux, *tessék, tessék !* »

Les unes après les autres, elles m'ont enrobée de ce refrain. Faire plaisir, pour elles c'est faire manger. Avec leurs mains travailleuses et sèches, je les vois qui étalent le beurre, pétrissent la farine humide, roulent les pâtes, cassent les noix à la force des poings, tapotent les tamis, allument les fours, ces vieux fours de fonte dégorgeant de graisse, je les perçois qui relèvent la jupe de leurs tabliers blanchis, épongent la sueur sur leur front, plus bas le long de cette rigole au seuil des lèvres qu'on nomme empreinte de l'ange, mes anges, mes vieilles, mes ridées, mes édentées.

Une troupe de vieilles femmes magyares se presse contre mon cœur. Ce sont toutes ces danseuses de campagne que j'ai découvertes aux portes de leurs fourneaux, les mêmes se reproduisant de village en village, celles qui avaient bien connu mon père, ma mère, dans leur insouciante enfance, leur turbulente jeunesse, voisines, tantes, bonnes, nurses, doctoresses, sur le front desquelles je posais le calque mal ajusté du visage de Márta ma belle inconnue, d'Ilona ma secrète, toutes femmes joyeuses demeurées au pays, les mêmes aux postes, fidèles, travaillant un sol meurtri, une vigne exsangue qui sous leurs doigts forts pourtant un beau jour avait refleuri. Ces cuisinières accueillantes, unanimement soucieuses de me faire épaissir, m'ont toujours offert en partage ce qu'elles avaient de plus sûr. De plus solide, de plus riche, de plus nourrissant : un *Rakott palacsinta.*

Posez une première couche de crêpe encore tiède et moirée, une seconde de noix pilées préalablement battues en crème dans de l'œuf et du sucre, montez une troisième strate de crêpe, une quatrième de noix et ainsi de suite… Jusqu'à neuf étages de crêpes ! De couche en couche vous édifiez un gâteau bordé comme le lit d'une toute première jeune fille, aussi résistant que la robe des paysannes dont le drap lourd à travers ce petit pays ondule pourtant avec grâce au rythme de la danse. Le miracle du *Rakott palacsinta* tient à l'incroyable légèreté de la pâte à crêpe, qui plisse en ses rebords comme la robe des pois de senteur. C'est un gâteau extraordinairement digeste en dépit des apparences, qu'on ne peut cuisiner (et avaler !) que lorsqu'on croit encore à tout ce qui reste maternel, grand-maternel, à tout ce qui reste. Ce dessert qui réchauffait mes os longs d'adolescente, les unes l'enrichissaient parfois d'un étage supplémentaire de copeaux de chocolat, les autres de confiture de pommes, de fromage blanc, poussaient jusqu'à couvrir le tout de blancs en neige savamment dorés au four…

On ne peut pas acheter un *Rakott palacsinta*, même chez Mme Suba je n'en ai jamais trouvé, il est fait maison et se déguste encore chaud. Quand elles ont disparu au tournant de leurs vies, les Pipi, les Gizus, les Bözsi *néni* et autres grands-tantes du XXe siècle, mes maigres archives hongroises, elles ont emporté leur tour de Babel chargée de crêpes. Mais là-haut, quel festin ! Je me suis inventé un chemin qui grimpe par-delà les nuages, et me permet de les apercevoir, tandis qu'elles soulèvent leurs jupons pour se poser confortablement sur le banc. Peu à peu, j'ai pensé qu'elles y parvenaient toutes, les Hongroises aux joues parfumées de saindoux, mais les autres aussi, ces vieilles dames qui ne cessent de m'abriter en France de leurs paumes ridées et tellement douces, ces femmes qu'adolescente je volais pour quelques heures à mes copines de collège, les Hélène, les Rose, les Alice, les Ama, les Mamiohl, les Mamijo, toutes ces grands-mères de substitution que je me formule, ne serait-ce que le temps d'un après-midi, elles se retrouvent sur un banc. Mon banc des grands-mères. Et les voilà qui parlent mode, chiffons, recettes de cuisine bien sûr ! « En quelle langue ? » me demandez-vous. Elles s'expriment dans toutes les langues, voyons, hongrois, français, italien, arabe, espagnol, hébreu pour ce que j'en perçois, et se comprennent parce que ces vieilles ont appris que la langue n'est qu'un voyage de l'âme. Elle s'adapte aux conditions extérieures. Elle se transforme, elle invente ou copie, c'est selon. La langue traduit nos vies. Mais quand on se tait pour toujours, quand s'échappent les mots de nos visages chancelants, j'ai envie de penser que demeurent en haleine et dans la bouche du vent qui nous soulève la trace odorante de tous nos appétits, le bouillon de nos aventures, le caramel de nos baisers, le miel de nos écorchures. Des parfums qui se fichent éperdument des frontières, des saveurs qui fondent sur la langue par-delà tous les vocabulaires. Mes vieilles compatissent, là-haut, de nous qui cherchons, mesurons, pesons encore nos mots. Mes vieilles ouvrent leurs bouches et se gorgent de *Rakott palacsinta*, de ces couches voluptueuses de crêpes incrustées de noix sans avoir peur de grossir, de trahir, après des vies de labeur, elles qui jusque-là ne s'asseyaient jamais ont enfin le temps de manger, et d'en rire.

Après les mots, les mets

J'ai toujours pensé que le verbe avait une épaisseur. Certains mots se déchirent, se plissent ou s'aplatissent dès que l'on mord dedans, d'autres se cabrent, ne se dégustent que par lamelles, mijotent sous la dent avant de délivrer des sensations édifiantes. De l'amer, de l'acide, du sucré. Du froid dehors, du chaud dedans.

Les mots se mâchent comme les mets. Cette quête hongroise a fait surgir un autre goût de la langue.

Voici mes quatre « plats de résistance ».

Gratin aux pommes de terre, à la saucisse et aux œufs
Rakott krumpli
(pour 4 personnes)

1,5 kg de pommes de terre
6 œufs
250 g de saucisse à cuire (de préférence fumée)
400 ml de crème fraîche
30 g de chapelure

une cuillère à café de poudre de paprika
sel, poivre

Faites cuire les pommes de terre, laissez refroidir, puis épluchez-les et coupez-les en lamelles.

Faites cuire les œufs de façon qu'ils soient durs. Coupez la saucisse et les œufs en lamelles très fines.

Beurrez votre plat à gratin.

Étalez une couche de pommes de terre, une couche d'œufs durs et une de saucisse. Recouvrez de crème fraîche ; salez, poivrez, et recommencez une deuxième fois dans le même ordre. Saupoudrez le tout de chapelure, d'un peu de paprika en poudre et enfournez le plat, pendant 40 minutes environ.

Servez bien chaud.

Choux farcis
Töltött káposzta
(pour 4 personnes)

500 g de viande hachée (moitié bœuf/moitié porc, ou seulement bœuf)
1 belle tranche de lard fumé
1 kg de choucroute
1 chou vert
1 oignon
10 cuillères à soupe de riz
3 gousses d'ail
1 cuillère à café de paprika
sel, poivre

Nettoyez le chou vert, plongez-le, coupé en deux, dans une casserole d'eau bouillante, puis récupérez les feuilles qui se détachent, délicatement. Réservez une belle vingtaine de feuilles que vous laisserez égoutter sur un plat.

Mettez un peu de matière grasse dans une cocotte, avant d'y déposer la choucroute et le lard. Saupoudrez de paprika. Ajoutez un verre d'eau, et laissez cuire à feu doux.

Préparez la farce, en mélangeant la viande hachée, le riz, l'oignon coupé très fin et l'ail écrasé. Salez, poivrez.

Ouvrez largement une feuille de chou sur la table, placez une cuillerée de farce au milieu, généreusement, enroulez la feuille par-dessus, puis repliez ses deux extrémités vers l'intérieur, comme un petit paquet. Vous pouvez confectionner ainsi une vingtaine de feuilles farcies, de taille plus ou moins égale.

Posez ensuite les rouleaux de chou farci dans la cocotte, sur la choucroute et le lard, recrouvrez-les éventuellemet d'un peu de choucroute, puis laissez cuire doucement pendant une heure.

Au moment de servir, vous pouvez saupoudrer le tout de paprika et proposer un peu de crème fraîche à côté.

Soupe glacée aux griottes
Hideg meggyleves
(pour 4 personnes)

800 g de griottes
200 ml de vin rouge sec
3 clous de girofle

1 bâton de cannelle
3 cuillères à soupe de sucre fin
1 cuillère à café de farine
20 cl de crème liquide
sel

Plongez les griottes équeutées dans 1 litre d'eau bouillante, avec le sucre. Ajoutez la cannelle, les clous de girofle et le vin rouge. Laissez cuire à feu doux 10 minutes environ. Puis retirez la moitié des fruits, que vous réduirez en purée avant de les replonger aussitôt dans la casserole.

Dans un bol, mélangez la crème et la farine avec une pincée de sel, puis versez le tout dans la casserole qui est sur le feu. Quand le mélange commence à bouillir, retirez-le du feu. Laissez la soupe refroidir, puis placez-la au réfrigérateur.

Servez très froid, dans des petits bols.

Boulettes aux abricots
Barackos gomboc
(pour 4 personnes)

Pour la pâte :
1 kg de pommes de terre
350 g de farine
30 g de beurre

Pour la garniture :
500 g d'abricots dénoyautés
1 cuillère à café de cannelle en poudre
1 cuillère à café de sucre en poudre

100 g de chapelure fine
50 g de beurre

Faites cuire les pommes de terre épluchées. Écrasez-les quand elles sont encore chaudes. Laissez refroidir, puis ajoutez la farine, le beurre et le sel ; mélangez et travaillez le tout pour obtenir une pâte. Étalez-la sur un plan fariné, en une couche assez épaisse. Saupoudrez de farine, et découpez la pâte en carrés d'environ 6 cm de côté.

Déposez un abricot au centre de chaque carré, saupoudrez de cannelle et de sucre, puis repliez la pâte pour former une boulette. Jetez les boulettes dans l'eau bouillante 5 minutes ; elles remonteront à la surface.

À côté, dans une poêle, faites revenir la chapelure dans un peu de beurre. Déposez délicatement les boulettes cuites dans la chapelure chaude mais pas grillée, une à une, couvrez et patientez 3 ou 4 minutes. Faites rouler les boulettes encore une fois dans la chapelure.

Servez chaud, saupoudré de sucre et de cannelle.

Table

L'épicerie/*Fuszerüzlet* 7
Les beignets d'abricot/*Farsangi fánk* 15
Le biscuit roulé/*Beigli* 29
Le chou farci/*Töltött káposzta* 35
La brosse à dents/*Fogkefe* 51
Le salami et le Tokay/*Szalámi és Tokaji* 61
Les galuska/*Galuska* 77
Bazar magyar/*Magyar bazár* 91
Le vin blanc/*Fehér bor* 101
Méli-mélo de crêpes et de noix/*Rakott palacsinta* 113

APRÈS LES MOTS, LES METS 119

Composition réalisée par ASIATYPE

Achevé d'imprimer en août 2008 en Espagne par
LITOGRAFIA ROSES S.A.
08850 Gava
Dépôt légal 1re publication : août 2008
LIBRAIRIE GÉNÉRALE FRANÇAISE – 31, rue de Fleurus – 75278 Paris Cedex 06

31/2209/0